HeoCogito

阅读即行动

Die kurze
Geschichte
der deutschen
Literatur

Heinz Schlaffer

德意志
文学简史

[德]海因茨·史腊斐　著

胡蔚　译

四川人民出版社

目录

中文版序 / 001

译序：文化记忆中的德意志文学史 / 001

引言 德意志 / 001

第一章 失败的开端 / 019

    第一节 被遗忘的中世纪 / 019

    第二节 迟到的近代 / 034

第二章 功业始成：18世纪 / 055

    第一节 牧师之子——缪斯之子 / 055

    第二节 新的语言 / 077

    第三节 文学不朽 / 096

第三章 发展、复兴和终结 / 118

    第一节 发展：19世纪 / 118

    第二节 复兴和终结：20世纪 / 139

结语 文学的历史 / 162

中译本再版后记 / 168

中文版序

　　早在 1958 年,几位中国日耳曼学者便在冯至先生的带领下,集体编写了一部《德国文学简史》。我无意用这本小书与中国同行一较高下,也不打算对起源于 10 世纪、发展到今天的德国文学,以时间为序给出一个简明扼要的概述。抱有这种阅读期待的读者,必定会失望,因为这本小书连格里美尔斯豪森、克莱斯特或黑贝尔这样重量级的作家都几乎没有提到,而被提及的少数作家也未获得应有的篇幅。几乎可以说,这是一本没有作家名字的文学史,甚至也不强调文学史分期的命名。本书呈现的是德国文学史隐秘的深层结构,由此可以发现德国文学史之所以奇特和具有个性的原因。本书试图发掘文学作品产生的社会条件和精神力量的来源,它们最初阻碍、随后促进了德国文学的发展。这样才能解释为何德国文学在很长一段时间里,从中世纪晚期到 18 世纪中期,与同时期的意大利、法国、西班牙、英国文学相比籍籍无名、无足轻重。当时之所以没有出现可与其他欧洲民族文学媲美的德语作品，要归于两个原因：首先是因为德语命运多舛，在中世纪学者那里受到拉丁语的排挤，在近代早期则被法语取代；其次是因为在宗教分裂的德意志社会中，宗教话语占据了主导地位。

德语文学史上有过两次世界级高峰的出现，本书将它们放在特殊的历史前提下来考察：18世纪晚期，德意志文学第一次异军突起，成为欧洲文坛领袖，这次崛起与莱辛、赫尔德、歌德和席勒的名字联在一起；德意志文学第二次取得举世瞩目的成就是在20世纪初，直到今天，世界各国的读者依然在阅读那个时期的作家：里尔克、卡夫卡、施尼茨勒、斯蒂芬·茨威格和托马斯·曼。

中国读者接触德国文学已经有一百多年的历史，你们最先阅读的是席勒与歌德的作品，从几十年前开始，20世纪作家也进入了你们的视野。最近几年，《文学之路》(*Literaturstraße*)年鉴和张玉书教授的著作《我与〈文学之路〉》(*Mein Weg zur 〈Literaturstraße〉*)向德国日耳曼学者介绍和展示了中国同行的工作，这让我对本书在中国的命运充满信心，它将会在中国遇到知音。

海因茨·史腊斐

2013年6月

译序:文化记忆中的德意志文学史

2001年,德国学界著名的汉瑟出版社出版了一本薄薄的小书——《德意志文学简史》。短短十余年时间,这本书已八次再版,被译成法语、日语等六种语言。一本文学史畅销到如此程度,即便是在热爱阅读的德国也属罕见,而更耐人寻味的是,这本仅有160页的书问世后,竟如一鸟入林,引发德国学界一场激烈的争论。发表于各大报纸杂志的书评有百余篇之多,评论者形成泾渭分明的两派,热烈褒奖者有之,愤怒抨击者也大有人在。批评一方以德国文学最高奖毕希纳奖得主、著名的保守主义者马丁·莫泽巴赫(Martin Mosebach)为代表,他严厉指责作者史腊斐为德语文学抹黑,并揣摩对方的心态如同普鲁斯特《追忆逝水年华》中追求奥黛特而不得的斯万,出于酸葡萄心理而对日耳曼学界出言不逊;另有柏林自由大学德文系教授汉斯-于尔根·兴斯(Hans-Jürgen Schings)在《法兰克福汇报》上称本书无视学界共识,贬低中世纪文学和巴洛克文学的价值。另一方面,德意志文学档案馆馆长乌尔里希·劳夫（Ulrich Raulff）却为这本书大声叫好：史腊斐就是那个敢说真话的孩子，揭穿了皇帝新衣的谎言，也触碰到了日耳曼学的软肋；波恩大学教授库尔特·维费尔（Kurt Wölfel）同样认为，这是日耳曼学学者触及灵魂的自我审查，事关德意志文学的生存和存在方式，所谓爱之愈深，责之愈切。《南德意志报》如此评价这本书的意义："这本书的出现是一个事件，它的意义远远超出了文学研究的范畴。"这句评价并非故作惊人之语，其言外之意何在？

本书作者海因茨·史腊斐（Heinz Schlaffer），1939 年生，斯图加特大学德文系荣休教授，德国当代著名文学评论家，上世纪68 学生运动期间在"红色"的马堡大学任教，曾经是西德出名的左派学者。他的学术研究既关注文学产生的社会文化背景和历史维度，又继承了德国语文学文字考据和审美研究的传统，这在他早年的论著《现实主义中的抒情诗——默里克、德罗斯特和李利恩克龙诗歌中的时间和空间》(1966)、《作为主角的市民——文学矛盾的社会史解决方案》(1973)，以及他与夫人哈内洛蕾·史腊斐（Hannelore Schlaffer）合著的《审美历史主义研究》(1975)中便已经非常醒目，而在晚近更为成熟的著作《文学与知识：美学的形成和语文学认识的产生》(2005)、《解缚了的文字：尼采的风格及影响》(2007)、《神灵之语——诗歌的目的和手段》(2012)中，依然保留了文学社会学的视角，以及对于文本体贴入微的审美体悟，同时更在宏观历史层面上关心审美结构的形成、文学知识的产生和传承。史腊斐细致的文学感受能力，多年治学养成的睿敏眼光，幽默机智、毫无学究气的文字，以及尖锐大胆、富有洞见的论断，使他的学术论述往往特立独行、不拘一格，呈现出一种生气勃勃、元气淋漓之象。他的书往往一出版便成为评论界和读者瞩目的对象。继柏林国家艺术学院 2008 年授予他亨利希·曼散文奖之后，2012 年德意志语言文学院再度将代表德语文学评论最高水准的默尔克文学评论奖授予他，授奖词称其为"罕有的语文学家与文学评论家双位一体，严谨与犀利的统一"。

在德国文化传统中，语文学（Philologie）与文学评论（Literaturkritik）同以文学为研究对象，却分属不同的领域。语文学是学院中研究语言和文学的学术专业，语文学者的任务是辨析字词之义，还原文本的历史原初面目，即所谓辨章学术、考镜源流，讲究的是小心求证、言之有据。文学批评中的"批评"一词，源出于希腊文 κριτικη，原意为分辨、区分，又指"评价的艺术"。顾名思义，文学评论家的工作便是臧否文章高下、褒贬人物、确立经典，贵在观点鲜明、文思敏捷。随着时代趣味和文学主张的变化，文学评论也具有确立文学规范、重新审定文学经典的作用。文学评论定位的目标读者群与语文学研究也有所不同，因为是写给专业之外的文学爱好者看，亦讲究文笔趣味和可读性。虽然自希腊化时代起便有评论家（Kritikos）与文献学家（Philologos）的对峙，但也有人不理会学界与文坛的隔阂，纵横驰骋，上下沟通,将学者的研究与论家的视野重叠,史腊斐便是一个成功的跨界者。

很显然,本书与它的作者一样跨越了专业的界限,更多地具有文学评论的特点。它的目标读者不局限于专业研究者,但又不是泛泛而论的通俗普及读物,其中呈现了学界最新的研究成果和作者独到的学术观点。本书之所以触动了很多人的神经,一个重要的原因便在于它是文学史"论",而非史"述"。史腊斐在本书序言里指出《德意志文学简史》的"简"有两层用意:第一,在体例上,"仅选取社会史、教育史、思想史上对德意志文学产生过深远影响的时段";"第二,在内容上,仅关注留存于后世文学记忆中的文学,而这样的历史阶段在德意志文学史上寥寥可数,且须臾即逝"。本书无意成为事无巨细、面面俱到的史料汇编,而是旨在描述当代德国人的文学记忆,厘清德意志文学发展的主要脉络,勾勒出德意志文学的基本特征,换句话说,史腊斐想要描摹的是一幅凸显德意志文学史精神气韵的写意画。

文学史的体例,不仅仅是章节安排等技术问题,还"牵涉到史家的眼光、学养、趣味、功力,以及背后的文化立场等,不能等闲视之"[1]。清代章学诚在《文史通义》中论及史家著述,称记注之书"体有一定",撰述之书"例不拘常",前者"言必有据",后者

---

[1] 陈平原:《史识、体例与趣味:文学史编写断想》,《南京师大学报》(社会科学版)2007年5月第3期,第114页。

讲究"决断去取，各自成家"。在具体文学史写作中，如何协调史料和史论的关系，是对于史家学问与功力的考量。文学史家既要避免写成《录鬼簿》，以记录作家生平八卦为趣，也不能抄撮这篇佳作那篇佳作，如马二先生湖上选文。

在史氏的这幅德意志文学史写意图中，篇幅最大、浓墨重彩的是 1800 年前后的古典—浪漫时期，这是德意志文学的黄金时代，以歌德、席勒的魏玛古典文学与施莱格尔兄弟等浪漫主义诸君为主角。而 1750 年前的德意志文学——从中世纪、巴洛克直至启蒙运动早期——被归入"失败的开端"，因为作者认为这一时期虽然漫长，却没有形成德意志文学传统：中古德语文学早已被人遗忘，只是依赖日耳曼学学者自 19 世纪以来的寻章摘句而存在；德意志作为欧洲迟到的民族，直到 1750 年以后才出现莱辛这样的世界级作家。浪漫主义运动之后的 19 世纪不过是前一个巅峰时刻在世俗社会的回音。1900 年前后登场的是斯·格奥尔格、托马斯·曼、霍夫曼斯塔尔和卡夫卡等德语经典现代派作家，他们的出现代表德意志古典浪漫时期审美传统的复兴，只不过，彼时尚可以允诺文学不朽，而此刻必须承认世界崩塌的必然、语言的无力。1950 年后的德语文学除了陈陈相因的政治布道，着实乏善可陈，而且因为年代太近，尚未进入"文学记忆"。

种种"离经叛道"的论断，无怪乎招来非议，尤其是日耳曼学界的同行更是反应激烈，因为动了一些人安身立命的根本，有人甚至愤怒到口不择言。然而，只要抛开门户之见，就会发现史腊斐绝非某些人口中的颟顸之徒，正是凭借对史实的熟稔和通透的认识，他有能力在德意志文学的历史中腾挪跳跃、身手敏捷地破除陈见，做到"通百家之变，成一家之言"。史腊斐似乎事先预料到误读的不可避免，他在全书末章以"文学的历史"为题阐明其文学史观，概括来说有两条：第一，文学史研究的对象是留存于后世记忆中的文学经典；第二，审美原则虽然主观，却依然是决定文学经典的标准，而本书便是"在德意志历史的全景中呈现审美实践的竞争和创新"。

要为"德意志文学史"写意，离不开对于德意志文学民族性的追问，也就是说除了德语之外，是否存在某种"德意志性"，可以将德意志文学与其他民族文学区分开来。二战后，由于某种政治正确性的约束，"德意志民族性"问题成为整个德国社会的禁区。外国学者尚能心无芥蒂，德国学界却对这个敏感问题避而不谈，或者只有在顾左右而言他时，才能曲折地诉说自我。而史腊斐百无禁忌，开篇就以"德意志"为题，点出决定德意志文学本质的是"基督教与文学的关系"：德意志古典浪漫时期文学的繁荣是马丁·路德宗教改革的成果，带有鲜明的新教文化烙印，与基督教神秘主义和虔敬派有着千丝万缕的关系，基督教为启蒙以后的德意志文学带来了新的文学语言和文学不朽的观念，也形成了它深沉思辨、真挚善感的特征；德意志作家一旦远离宗教的智慧与力量，就只能陷入从其他民族借来的形式主义，丧失自身的特色和生命力。在 19 世纪和 20 世纪的世纪之交第二次德意志文学高峰的现代主义阶段，文学版图发生了地理位移，新教地区的作家逐渐丧失影响力，南德地区和奥地利的天主教徒和犹太人占据了文坛的主导，慕尼黑和维也纳成了新的文学中心。德意志文学史上两次高峰的出现都有着相似的外在条件：即原有基督教传统的世俗化，文学审美自律成为文坛共识，以及整个市民社会对文学艺术的虔诚。史腊斐虽然强调了基督教文化对于德意志文学的决定性影响，却自诩为"启蒙原教旨主义者"，他的立场是："我们可以为果实欢呼，却不必对树根顶礼膜拜。"

史腊斐在德国评论界有"文体家"的美誉，笔下气象峥嵘、文字潇洒俊秀，读来仿佛一位高明的导游，引领读者在德意志文学的历史中逡巡。译者殚精竭虑，字斟句酌，希望能传递原文神采之一二。若有不当不及之处，恳请读者诸君不吝赐教。

有关翻译之事，尚有两点需要说明：

第一，原书一气呵成，旁征博引，信息量非常密集，原本无一处注释，因此对读者的知识储备有一定的要求。考虑到国内大多数读者的阅读需要，译者择取较为冷僻的人物和概念，在脚注里做出简要解释，注释主要依据德文版《布洛克豪斯百科全书单卷本》(*Der große Ceschichte der deutschen Literatur*，2003)和《不列颠百科全书》(国际中文版，1999)。

书名原题为"Die kurze Ceschichte der deutschen Literatur"，作者颇有一番用意，译者翻译时也颇费思量。首先，现代德语中的"deutsch"可解作"德语的""德国的""德意志的",之所以译为"德意志的",是因为作者意欲对德意志文学的民族性做出描述。由于不包括翻译为德语的外国文学,所以有别于"德语文学";又由于现代政治意义上的德国自1871年起才存在,本书讨论的德意志民族是个文化民族概念,也包括今日行政区划中归于奥地利、瑞士德语区等国的文学。其次,因为原文的题目中有一个定冠词"die",形容词"短"(kurz)便不仅是对本书体例行文简洁、言简意赅的描述,也是作者对留存于今人文化记忆中的德意志文学史做出的判断,也就是说,这是一段"短暂"却不"简单"的文学史。

胡　蔚

于 2013 年立秋日

引言　德意志

对于汉学系、希腊语系、罗曼语系，还有英文系的德国学生来说，将选择专业的原因归结为对研究对象国的语言文学、艺术文化的热爱，并不是一件难事。而德文系的学生则不然，他们往往会断然否认自己对德国往昔与历史的热爱。德国人若想在道德和政治上获得无懈可击的清白名声，就不能对德意志文化发表爱的宣言，至少不能开诚布公地广而告之。在中学里，德语课老师便会灌输给大家两个貌似悖论的观点：第一，所谓的德意志从未存在过（那些有关民族性的观点不过是陈词滥调）；第二，德意志只能是祸害（如果的确曾经有过所谓的德意志，也许至今依然存在，或许将来甚至还会再次出现的话）。这两大原则放之四海而皆准，是所有公共言论的护身符。

以研究德意志为业的人必须无所顾忌，或者对研究对象持批判眼光。谁若正好以德语为母语，又因为从事德语文学研究而对德语文学较为精通，或是作为作家，顺理成章地用德语进行文学创作，我们可以允许他以无法选择出生地或是选择专业时的鲁莽为理由表示歉意。哈罗德·哈同①将莱纳·马尔可夫斯基②的一首诗选入他主编的 20 世纪德语诗歌集《世纪记忆》（*Jahrhundertgedächtnis*，1998），这首诗之所以具有纲领性，是因为它将不堪重负的记忆（Gedächtnis）从历史回忆（Erinnerung）的束缚中解放出来，能够决定记忆的只有出生地的偶然和幼年时的牙牙学语：

> 我第一次伸出手，触碰到的一切，都有个德语名字。
>
> 我的爱国心，附着在一群字母组合上。
>
> 回忆那物与词碰撞发出的声响。
>
> 我就是我的记忆。
>
> 不多。不少。——还能是什么？

　　仅此而已？别无二致？到了 20 世纪末，记忆不再延伸到历史深处。马尔可夫斯基的观点颇有代表性：德意志民族感唯一可依附的对象是德语语言。这些品性纯良的德国人费尽心思想让大家明白的只是：我们更愿与德意志撇清关系，做个汉堡人或

---

① 哈罗德·哈同（Harald Hartung，1932—　　），当代德国作家、德语文学教授、文学评论家。（本书脚注皆为译注）

② 莱纳·马尔可夫斯基（Rainer Malkowski，1939—2003），当代德国诗人。

是巴伐利亚人要比做个德国人自在得多。至于把他们联系在一起的德语，仅仅是语言交际的工具。

如果有所谓德意志存在的话，它也只能是个祸害，据说第三帝国的罪恶便根源于此。尽管纳粹党 1933 年上台，1945 年就土崩瓦解，但见微知著，没有风怎能起浪？人们将整个德国历史从头到尾上下打量，是哪里出现了萌芽，是什么导致德国走向了万劫难复、犯下滔天大罪的第三帝国？纳粹主义什么时候露出了苗头？是 1918 年后出现的民兵自由军①？是 1900 年前后发生的排犹主义？是在拜罗伊特圈②里？是对德意志民族性及其浪漫主义起源的神化？是从启蒙运动向虔敬派内向性（Innerlichkeit）的转变？还是在德意志农民战争中？谁是罪魁祸首？是恩斯特·容格尔③？是理查德·瓦格纳？是恩斯特·莫里茨·

① 民兵自由军（Freikorp），第一次世界大战后活跃在德国魏玛共和国的反政府自由军，其成员主体为一战老兵，主要针对犹太人、左翼政党和工人运动成员实施恐怖暗杀活动。

② 拜罗伊特圈（Bayreuther Kreis），以理查德·瓦格纳遗孀科西玛为中心的文化精英圈，活动中心位于瓦格纳在拜罗伊特的寓所瓦恩弗里德别墅，其成员与希特勒关系密切，支持排犹主义和种族主义。

③ 恩斯特·容格尔（Ernst Jünger，1895—1998），德国作家，曾以军官身份亲历两次世界大战，作品多以战争为主题，持有保守主义和民族主义立场。

阿恩特①？是赫尔德还是路德？对于将德国的特殊道路，或者说是错误的道路，到德意志历史中追根溯源的做法，无论是支持者还是反对者，都有许多理由。争论良久，至少可以得出以下结论：不管是否有意为之，德意志思想史上几乎没有一种思潮不是民族主义思想的前身，不是在为国家社会主义做准备。因此，可以理解，为什么后辈几乎没有人愿意在德意志特殊道路中寻找自我认同和存在前提。

《背井离乡》(*Fluchten vor dem Vaterland*)是瓦根巴赫出版社 1999 年出版的文集，列举了德国历史上一系列持不同政见的重量级知识分子对德意志身份的抗议，其中包括异议人士、受迫害者、遭放逐者、真正的流亡者和"内心"流亡者，也不乏去国外旅行、住着度假屋的人。后者以较为轻松愉快的方式"流亡"，还因为抗议德意志身份而拥有了英雄主义的光环。渴望远离同胞是德国人的优良传统，托马斯·曼将这种现象称为"德国人的自我厌恶"。在 18 世纪，就有外国人观察发现，德国人在异国偶遇乡亲，会莫名其妙地感到窘迫，而人家英国佬就很乐意与同胞交往。与之相应的是，德国人对其他民族文化的崇拜让人诧异：17

---

① 恩斯特·莫里茨·阿恩特(Ernst Moritz Arndt, 1769—1860)，德国反法战争时期的著名爱国诗人，其政论和诗歌主张自由、爱国和反对封建统治，也不乏排犹主义和沙文主义倾向。他的《祖国歌》于 1873 年为王韬所译，一般认为是第一首汉译德语诗歌。

世纪他们热衷于效仿古罗马人和法国人,18 世纪轮到古希腊文明和英国文化在德国大行其道——这当然可以理解,因为古典文明和西方文明是德意志文化遥不可及的榜样。出于到异文化中寻找归宿的古怪愿望,在 1800 年前后,德意志人成功译介了大量古典文献,研究怎样理解外语文本的诠释学成了一门学问。(到了 19 和 20 世纪,德国人又将自我浪漫化,沉迷于种种神化本民族的论调思潮,于是即便在自己国家里,也觉得生活在别处了。)

日耳曼学学者以及他们编写的德国文学史,与第三帝国及其前后历史都有着深厚的渊源,其密切程度甚至超出了他们自己的想象。他们将这层关系掩藏在方法论讨论之后,从而避免涉及德意志文学是否体现了民族性的话题。这个秘而不宣的问题其实一直以隐秘的方式存在,对于因政治原因而遭受驱逐者以及他们的作品,从德国雅各宾派到德国境内的犹太人,学界一直予以特殊的关注和同情。20 世纪 60 年代以来,德语文学研究中出现了众所瞩目的价值转向,几乎得到了一致响应。典型"德意志"风格的作家受到冷落,德意志特征不明显的作家开始走红;默里克①逊色于海涅,施蒂弗特②比不上冯塔纳③,诸如此类的观点在学界流行。因此,迫切需要对德意志文学的典型特征作出明晰定义,至少是需要明确非德意志的特征。可是人们无法开诚布公地下定义,因为有些犹豫不定的是,在指出德意志民族性之弊端的同时,是否也应该肯定它的美德。这就有可能导致爱国主义情绪高涨,以致出现沙文主义的苗头。

那么,德意志文学有自己的历史吗?这个发人深思的问题即便可以找到某些答案,也会引来人们对民族主义将会故态复萌的担忧。这个问题的提出,让人怀疑是为了证明日耳曼学学科史的悲惨命运,而并不是真的为了打开德国文学史的大门。今天,人们闭口不提德国文学和艺术中的"德意志性",因为普遍认为所谓"德意志性"是接受和阐释的产物。这一方法论的转变使得人们在撰写德国艺术史和文学史时,无须深究其中的"德意志性"。对此"伪命题",汉斯·贝尔廷(Hans Belting)在《德意志人和他们的艺术》(*Die Deutschen und ihre Kunst*,1992)一书中杜

---

① 默里克(Eduard Mörike,1804—1875),德国毕德迈耶派作家,代表作有艺术家小说《画家诺尔顿》《诗集》等。他的抒情诗富有音乐性,多首被舒曼、勃拉姆斯谱曲,广为传唱。

② 施蒂弗特(Adalbert Stifter,1805—1868),奥地利19世纪作家,代表作有长篇小说《晚夏》、中短篇小说集《彩石集》等。

③ 冯塔纳(Theodor Fontane,1819—1898),德国现实主义作家,代表作有长篇小说《艾菲·布里斯特》《迷惘与混乱》《燕妮·特莱贝尔太太》等。

撰了种种荒谬答案。最后,他如释重负地松口气,说道:"大家今天关注的问题并非是德国艺术本身,而是德国人的艺术接受史,这正是本书要讨论的问题。"马丁·瓦恩克(Martin Warnke)的专著《德国艺术史》(*Geschichte der deutschen Kunst*,1999)上来第一句话就开篇明义:"这本关于德国艺术的书里没有一句话是用来解释德国艺术的本质。"在这之后,这个问题便再未被提及。之所以选择"本质"(Wesen)这个曾经倍受宠爱,而今名声扫地的词语,瓦恩克自有深意。事实上,"本质"一词词意含糊,与其说是澄清,不如说是遮蔽原意,使得其指涉的对象模糊不清。今天没有人会去解释什么是"本质",可若使用"特征"(Eigenart)这个词,也许会有读者质疑:完全排斥对"本质"问题的讨论,是否能够真正解决上述问题。谁若对欧洲艺术和文学史进行区域研究,比方以德国研究为例,就必须承认存在一个前提,即确实有某些特征使德国区别于其他国家。否则,艺术和文学的区域研究便毫无价值。

1945年前,曾经出现过大量关于德意志艺术的整体研究,撰写学术论著和通俗读本的都大有人在。二战之后出现了一个空白期,直到1990年代才有人重编德国艺术史。但是,第二次世界大战后出现的德国文学史并不比战前少。较之艺术史家,文学史家具有明显优势,他们若要界定自己的研究对象,只需使用最不易引起反感的定义即可:从实用主义的角度考虑,德意志(Deutsch)做形容词时,可以指代某种语言,它作为文学语言已经存在上千年。语言本身,特别是民族语言,是文学的基础。而建筑和绘画本身并不具备某种特定的民族语言,想要界定它们的"德意志"特征则会麻烦许多,必须从地理、历史、文化或是艺术家生平的角度进行厘清。而以德语为区分标准,既明了又贴切,同时也将奥地利和没有政治包袱的瑞士德语区包括在内。近年来,瑞士、奥地利甚至南蒂罗尔地区①的文学独立倾向日益明显,于是,出现了作为总称的"德语文学"(这种说法已不罕见),而德国本土的德语文学也只是这一总体概念下的一个分支。当然,语言是德语文学的必要特征,但还不是充分特征。若单以语言为区分,那些翻译成德语的英语或法语文学岂不是可以同德语文学相提并论?英语版的歌德、让·保尔②和诺瓦利斯在英国读者眼里仍是外国文学,他们眼中的"典型德意志特征"并非出于陈见,而是审美经验使然。

　　为什么不同国家的文学之间存在着阅读体验的差别,原因在哪里?近几十年来出版的德国文学史无一给出答案,因为没有一部文学史是由某个作者单独撰写的,他们仅仅是参与其中一部分的编写。1960 年代以来,随着专业分工的细化,文学史

---

① 南蒂罗尔地区(Südtirol),意大利北部自治区,历史上属于哈布斯堡王朝,70%居民以德语为母语。

② 让·保尔(Jean Paul,1763—1825),德国著名小说家,作品集批评与讽刺、幽默与伤感于一体,深受当时的人们喜爱,代表作有《武茨》《齐本克斯》《少不更事的岁月》等。

成了多位专家的论文汇编,每人负责几十到几百年的历史,因为不需要做出全盘考虑,从而或多或少存在着水平参差不齐的问题。此类论文拼盘的导言一般用于说明编撰体系,顺带抱怨组织工作的繁难。对德意志文学史通观全局的概括,只好留待读者自行做出。而多数读者出于不同的研究兴趣,从这种一部或多部头的文学史中仅选取某些章节阅读。与文学史粗疏的编写方式相对应的是,无人探究不同历史阶段之间是否存在某种一脉相承的关联。

文学的意义并不会被一部文学史所穷尽,因为至少一部分文学作品能够流传后世(这也是所有作家的志向所在),历史上对于作家的分类排序与他们对于后世产生的影响常常并不相符。将对德意志文学做历史性描述视为其根本任务的日耳曼学,显然受到了19世纪历史主义的局限。新近的文学研究超越了历史主义,将兴趣转向了文本、体裁、语言、诗学、文学机构,研究方法的转向无疑是一大进步。这些基于美学和社会学视角的研究将德语文学整体作为研究对象,而不必再执着于对其民族性的证明。人们习惯于墨守成规:自中世纪早期起,就有德语文学的存在(下文会说明,这其实是日耳曼学的虚构),尤其是设立日耳曼文学教授席位,建立了日耳曼文学专业(这倒不是虚构)。但与罗曼语文学、英语文学等学科领域不同,"德语"在目前的文学研究中并不被视为足以与其他专业领域区分开来的充分特征。

在日耳曼学研究中，"民族"（national）这个词只有加上前缀"跨"（inter），方才可以亮相。当下的日耳曼学对于所有跨民族、跨文化和跨专业的研究推崇备至，对于这些研究的重点宣传让人意识到某种心照不宣的观念之存在：日耳曼学研究背离了其固有之意，它的研究范围不再仅仅是"德语文学"。英国历史学家泰莫西·加通·艾施（Timothy Garton Ash）在《以欧洲的名义》（*Im Namen Europas*）一书中指出，1945年以后，德国政治不敢公开诉求本民族利益，于是，貌似出于公心，将民族诉求转化为欧洲共同体的共同目标。日耳曼学学界也采取了同样的策略：只有在顾左右而言他之时，才得以言说自我。

除了语言之外，德国文学是否还有某种区别于他国文学的特殊性？顾及1945年前对此给出的错误答案及其导致的致命后果，这个问题让人沉默。1927年，爱德华·韦克斯勒（Eduard Wechssler）的《法兰西精神与德意志精神》（*Esprit und Geist*）出版，他试图用这组相互对峙的概念总结德国人与法国人的精神本质。这一研究基于一个前提，即确实存在由于种族、出身和语言不同造成的民族性格差异。而民族性的本质作为一个内在的整体呈现于文化现象中，尤其是文学中。在这项研究中，中世纪早期至现代的历史变更被忽略了，精英群体与平民阶层之间的文化差异也被拉平。正如民粹主义意识形态不愿意看到的那样，文学始终是刻意与"大众"趣味拉开距离的精英群体享有的特权。民众所能获得的，仅仅是从所谓高雅文学，也就是服务于精英群体的文学中变形脱落的那部分,但这并不排除作家恰恰是从这部分"堕落文化"中获得新的灵感。中世纪宫廷情歌几经传唱,荒腔走板,最终演化为所谓的民间歌曲,被收入《男童的神奇号角》(*Des Knaben Wunderhorn*)①,从而启发了德国浪漫主义诗歌,而一些浪漫主义诗歌又在民间被广为传唱。这一场相互影响、相互借鉴的游戏让人头晕目眩,却还不足以成为整个民族文化具有同一性的证明。德意志文学的特点并非由某种猜想中的全体德意志人的本质特征,而是由文化精英群体受到的教育所决定。文学只是以间接的方式与全体德国人的政治社会历史发生着关系。

　　如果想了解德国文学的特殊处境及其特征,尤其可以从英语国家的日耳曼学学者的研究中获得启示。与德国同行不同,他们不会出于恐惧和禁忌而畏手畏脚,在他们眼里,德国文学是外国文学,因此必须做出详细的解释。比如埃里克·A. 布莱克霍尔(Eric A. Blackhall)的《德语作为文学语言的崛起》(*The Emergence of German as a Literary Language*,1959,德语版1966),特奥多·茨尔科夫斯基(Theodore Ziolkowski)的《德国浪漫主义及其机构》(*German Romanticism and Its Institutions*,

① 《男童的神奇号角》,德国浪漫主义作家克莱门斯·布伦塔诺(Clemens Brentano)和阿希姆·封·阿尼姆(Achim von Arnim)于1805年至1808年收集编辑的三卷本民歌集。

1990,德语版1992),以及尼古拉斯·博伊尔(Nicholas Boyle)的《歌德——诗人与时代》第一卷(*Goethe-The Poet and the Age*,1990,德语版1992)中提出的问题与获得的认识,在德国本土并没有出现可与之相媲美的研究。人们必须回到1930年前后,才能在赫伯特·薛夫勒(Herbert Schöffler)所做的宗教历史学研究,尤其是在《18世纪的德意志精神》(*Deutscher Geist im 18. Jahrhundert*,1956年结集出版)、京特·米勒(Günther Müller)的《德意志歌谣史》(*Geschichte des deutschen Lieds*,1925)以及戈特弗里德·蔡西希(Gottfried Zeißig)的《戏剧中话白的式微》(*Die Überwindung der Rede in Drama*,1930)中找到关于德意志文学的类似发现。

　　这些研究都以18世纪德意志文学为题。这种情况的出现并非偶然,1750年以前,德意志文学还没有达到欧洲文学普遍的水平,在接下去不到五十年的时间里,却出人意料地突然脱胎换骨。到了1800年前后,文学创作成果便已颇为可观,让英国人、斯堪的纳维亚人和法国人刮目相看。这一突如其来的飞跃将德国文学史截成比例不相称的前后两段:前半部分尽管漫长,这一期间产生的文学作品却必须通过文学史的记录才得以摆脱被遗忘的命运,也几乎仅仅在文学史家的记忆中存在;后半部分虽然短暂,却出现了世界级的文学作品,直到今天,它们依然是,至少应该是,受过教育的德国人的必读书。历史的分界线落在了戈特舍德①与莱辛之间，约翰·戈特弗里德·施纳贝尔②与维兰德③之间，哈格多恩④与克洛卜施多克⑤之间。这条分界线标志着一千二百年的德意志文学史上唯一一个巅峰时刻的到来，而此前不过是高潮前的铺垫，此后则是高潮后的余波。

这本《德意志文学简史》之所以没有成为大部头文学史，有两个原因：第一，在方法上，本书仅选取社会史、教育史、思想史上对德国文学产生过深远影响的时段；第二，在内容上，本书仅关注留存于后世文学记忆中的文学时期，而这样的历史片断在德意志文学史上寥寥可数，且须臾即逝。1750 年前用德语写成的文学作品，符合现代人所认同的文学概念的，几乎都是由日耳曼学者发现、编辑评论和出版的。（一些宗教赞美诗除外，它们无须学者襄助，从 16、17 世纪流传到了今天。）一位卓有成就的巴洛克文学专家谈起本专业的成绩，得意之情溢于言表："想想

---

① 戈特舍德（Johann Christoph Gottsched，1700—1766），德国启蒙运动文坛领袖，著有《批判诗学》，为德国民族文学制定规范。

② 约翰·戈特弗里德·施纳贝尔（Johann Gottfried Schnabel，1692—1748?），德国启蒙运动时期小说家，著有小说《孤岛费尔森堡》。

③ 维兰德（Christoph Martin Wieland，1733—1813），德国启蒙运动鼎盛时期代表作家，代表作有成长小说《阿迦通的故事》《奥伯龙》等。

④ 哈格多恩（Friedrich von Hagedorn，1708—1754），德国洛可可文学代表诗人。

⑤ 克洛卜施多克（Friedrich Gottlieb Klopstock，1724—1803），德国启蒙运动鼎盛时期的代表诗人，著有长诗《弥赛亚》，擅用古典体颂歌歌颂爱情、自然、友谊、上帝和祖国。

那些悼亡辞(Leichabdankungen)、格言集锦(Florilegien)和丛书文集(Collectaneen)吧。"但是,这些17世纪德国文学的珍宝,没有一样会在读书人的大脑里留下痕迹,他们对于同一时期的卡尔德隆、拉辛、莫里哀,也许甚至还有罗伯特·伯顿和约翰·弥尔顿倒是熟悉得很。就算人们对于中世纪德语文学略有耳闻,除了在德文系里,不会有人去阅读中世纪盛期的宫廷史诗、中世纪晚期的传道文学、16世纪的愚人书和17世纪巴洛克的悲剧。日耳曼学家的考古发掘不过是迁葬工程:从图书馆将沉睡多年的手抄书和字迹模糊的印本唤醒,经过编纂、评论和解释之后,它们又回到图书馆,陷入永久的沉寂中。读者对它们敬而远之,而这些艰难而昂贵的工程却本是为读者准备的。经学者发掘整理的上几个世纪的历史文本,数量持续增长,而读者熟悉的文学作品却日渐减少。研究的很多,阅读的很少。如果把民族文学理解为使用该民族语言发表作品的总和,德意志文学史当然是连篇累牍、漫无边际;但是如果把民族文学理解为活跃于文学记忆中的文学作品及其相互之间的脉络与关联,一部德意志文学史必然是一目了然、短小精悍的。

德意志人属于欧洲古老的文化民族,在中世纪作为核心势力,以古罗马帝国传统的继承者自居。让人困惑的是,尽管如此,德意志文学有连续性和影响力的传统只有二百五十年的历史,而其他欧洲民族的文学传统已经存在了五百年;在法国、英国、西班牙,无不如此;在意大利,甚至可以将文学传统上溯到七百年前,直到今天,人们依然没有忘记但丁、彼特拉克和薄伽丘。中世纪和近代早期的德语文献,与其说是德意志文学传统的一部分,不如说是游离于德意志文学传统主体之外的某种外国文学。作为西欧最年轻的一门民族语言,德语的成熟晚于葡萄牙语,甚至晚于荷兰语(这是一种从高地德语分离出去的语言)。戈特舍德开始将德语发展成为文学语言,歌德将德语发展成为公认的文学语言。在文学语言的基础上,人们逐渐规范了非文学语言的语法和修辞规则。德意志文学的各个阶段都是转瞬即逝,甚至难以形成传统。古高地德语文学作品在 1150 年以后便湮没无闻,中古高地德语文学在 1450 年以后便已失传,近代早期的文学作品在 1770 年后便散佚在历史的故纸堆里。德意志文学史由一系列被遗忘的开端组成,直到 1750 年出现了转机。在读书人的文学记忆里,最早的德国文学是莱辛的剧本,歌德的《少年维特的烦恼》,克洛卜施多克、毕尔格①、克劳狄乌斯②和青年歌德的一些诗歌。所谓肇始于 8 世纪、延续至今的德意志文学史是文学史家的虚构,最早由日耳曼学者在德国古典浪漫时期提出,目的是为当时民族文学的创建提供历史依据。可就

---

① 毕尔格(Gottfried August Bürger,1747—1794),德国狂飙突进时期的叙事谣曲作家,代表作有叙事谣曲《莱诺勒》和笑话集《闵希豪生男爵水上、陆上的奇异旅行、出征和有趣的冒险》。

② 克劳狄乌斯(Matthias Claudius,1740—1815),德国启蒙运动时期杰出的抒情诗人。

在 18 世纪，一流的德语文学作品横空出世，如此突然，乃至当时的人们相信，历史上必然存在着某些被遗忘了的德意志文学的先行者。

德意志文学史有一个特点，很多重要作品获得的认可总是姗姗来迟，有的甚至在作者过世后方才得以编辑出版。而意大利、英国、法国的经典作家往往在世时便已成名。在德国，大多数情况下，同时代的人都错过了好书。利希腾贝格①、伦茨②、诺瓦利斯、荷尔德林、克莱斯特、毕希纳、罗伯特·瓦尔泽、卡夫卡、本雅明都是过世后才享有声名；语文学家先得把这些从未发表的"作品"，例如利希腾贝格的《札记》(Sudelbücher)、荷尔德林的颂诗、本雅明的《拱廊街》(Passagen)，收集汇拢、编辑整理之后，人们才发现它们是德意志文学史上的精华。甚至歌德晚年的作品，从《西东合集》(West-östlicher Divan)到《浮士德》(Faust)第二部，也未逃脱被遗忘和被忽视的命运。因此，直到今天，德语文学研究者的主要任务还是：修订现有的作家座次排名，修正历史的错误带来的不公。尽管历史无法用虚拟式写成，德国一批最优秀作家的悲惨遭遇不得不让人产生假设的冲动：

---

① 利希滕贝格(Georg Christoph Lichtenberg，1742—1799)，德国启蒙时期的物理学家和讽刺作家。

② 伦茨(Jakob Michael Reinhold Lenz，1751—1792)，德国狂飙突进时期的剧作家，代表作包括具有强烈社会批判意识的剧作《士兵们》《家庭教师》等。

"如果……会怎样。"比如，如果荷尔德林没有疯癫，如果布伦塔诺没有成为虔诚的基督教徒，如果克莱斯特、格拉伯①、毕希纳和尼伯伽尔②没有英年早逝，更重要的是，如果他们在世时作品便受到重视，19 世纪的德意志文学史会是怎样的面貌？

因为德意志历史的间断性以及文学作品影响力的短暂，德意志文学的统一性至多只是形式上的和负面的，它缺少民族文学的应有之义。然而，德意志文学里的确存在着一种内在的和正面的统一性，在文学史的巅峰期成为一种财富，在低谷期则导致文学创作的匮乏。这一内在的统一性源自于德意志文学与基督教，尤其是与神秘主义、新教和虔敬运动（也就是天主教会眼里的异端邪说）之间恒定而又相互影响的紧密关系。中世纪以来，尤其是宗教改革之后，宗教信仰深刻地影响了德意志知识分子的教育。也就是说，和其他欧洲国家不同，在德国，影响文学创作的并非宫廷的氛围、贵族的高贵风度、体物观世的经验、古典主义的形式游戏或是感官愉悦。如果德国作家放弃源于基督教的智慧和力量，就只能陷入借来的形式主义；若他们依傍基督教，则会从中获得崭新的诗学方式和观念；而新的诗学又如此光

---

① 格拉伯（Christian Dietrich Grabbe，1801—1836），德国"三月前"文学流派的剧作家，被认为是现实主义戏剧的先驱。

② 尼伯伽尔（Ernst Elias Niebergall，1815—1843），德国达姆施塔特地区剧作家，用黑森方言著有《达特利西》。

辉璀璨，以至于使得知识分子忘记基督教信仰，成为文学的信徒。

德意志文学在经历了漫长的蛰伏期后迎来了 18 世纪的意外突破，1770 年到 1830 年是德意志文学史上的第一次高峰；高峰过后是 19 世纪的徘徊不前；到了 20 世纪，从 1900 年到 1950 年是德意志文学史上的第二次高潮，随后，德意志文学史走向终结。本书将要展现给读者的是，在德意志文学发展的各个历史时期，文学与宗教的关系（也包括文学对宗教的背离，这样的背离尽管是主动的，但并非是无动于衷的）是怎样对文学产生了决定性影响。这就是德意志文学呈现出来的特殊的民族性，却不为 19、20 世纪的民族主义日耳曼学学者认同，因为他们的民族文学观念必须服务于各种党派的意识形态，无论是自由党、民主党、帝国主义或者社会主义。之所以在这里重提教会和信仰之荣光，是为了指出阻碍德意志民族独立国家形成的历史原因何在。德意志民族文学已经具有了独立发展的能力，因此，业已式微的宗教力量也不再能够对其产生决定性的影响。

这部简短的德意志文学史并非要对基督教大唱赞歌，即便是为了推动德意志文学的发展，笔者也无意重新提倡基督教观念。笔者站在启蒙原教旨主义者这一边，即认为所有宗教都是错误，却是带来不少成果的错误。美好的成果虽然少见，德意志文学史上最优秀的作品却在其中。我们可以为果实欢欣喜悦，却不必对树根顶礼膜拜。

第一章　失败的开端

第一节　被遗忘的中世纪

德意志文学史是由中世纪德语文学开启的,这看上去似乎无可厚非,符合人们的期待。年代最久远的德语诗行正是出自那个时期,虽然对于今天的德国读者来说,它们听上去更像是一门外语。倒是在日耳曼学学科史上,从中世纪遗留下来的德语诗歌和散文更有理由占据最重要的一章,或者在近现代德语文学的罗曼化进程中占据次重要的一节。本书不能免俗,也将中世纪德语文学放在第一章,只是为了陈述反对这种排序的理由。

将古高地德语文献聚集一处,且冠以文学之名,置于德意志文学史的开端,完全是出于建构一部民族文学史的意愿,是现代的产物。事实上,这些零散的文本或残篇只是偶然被保存下来,几个世纪以后又幸运地被人发现。它们的作者是基督教僧侣,而这些人中通用的书面语言是拉丁语，他们试图用拉丁字母拼写出古高地德语粗笨的发音，以记录异教咒语和故事，或是为普通信徒提供祈祷文、传播福音和讲述传奇故事。与同时代的拉丁文文献相比，德语文学的数量仅是沧海一粟，无法构成一个相互关联的语料库。

直到 12 世纪末，宫廷文学中出现了中古高地德语歌谣和史诗，它们通常是贵族委托专业作家所作，带有明显的艺术加工的痕迹，并不是原生态民歌。19 世纪的日耳曼学学者希望德语文学的源头具有纯正的德国血统，然而事与愿违，中古德语宫廷骑士爱情诗和圣殿骑士小说及其中的大部分母题都翻译、改编自法国。除了语言之外，要在这些舶来品的题材和风格中发现"德意志性"，并非易事。唯有《尼伯龙人之歌》不属于拉丁文传统，当归入日耳曼英雄史诗之列。

没有一个内行学者会质疑沃尔夫拉姆①的《帕西法尔》（*Parzival*）、戈特弗里德②的《特里斯坦和伊索尔德》（*Tristan und Isolde*）、福格威德的瓦尔特③的诗歌所达到的文学高度。

---

① 埃森巴赫的沃尔夫拉姆（Wolfram von Eschenbach，1170/80—1220），中世纪德国诗人，代表作宫廷史诗《帕西法尔》。

② 斯特拉斯堡的戈特弗里德（Gottfried von Straßburg，1180—1215），代表作宫廷史诗《特里斯坦和伊索尔德》语言优美，形式考究。

③ 福格威德的瓦尔特（Walter von der Vogelweide，1170？—1230？），中世纪最著名的德国抒情诗人，诗作富有真情实感。

然而即便在中世纪，这些作品也未引起人们的重视，更重要的是，它们对后世的德语文学几乎没有产生什么影响。19、20世纪的知识分子对这些重新被发现的文学作品原则上都充满敬意，但这并不意味着他们会去认真阅读。即便在中世纪晚期，最优秀的中古盛期文学也已几乎无人问津。对于古高地德语文献来说，这倒也不足为奇，因为它们大多只有孤本传世，且深藏于修道院的图书馆中。但是，中古高地德语文学的境遇大为不同，它们得到了宫廷贵族的扶持，为钟鸣鼎食之家所收藏，有大量的手抄本流传于世。在这样的情况下，读者兴趣的迅速减弱不能不让人惊异。这种现象与两个彼此没有关联却几乎同时发生的历史变革有关，是它们使得中世纪文学的广泛传播止步于近代到来之前。

其一是语言的更新换代：14世纪末，中古高地德语逐渐被近代早期高地德语取代，于是用中古高地德语撰写的文献逐渐过时，也渐渐失去了听众和读者。其二是文学媒介的更替：15世纪中期发明的印刷术在经历了短暂的过渡期之后，取代了原先的手抄本，成为了新的媒体。近代早期的印刷业和书商更为偏爱拉丁文专业书籍，因为有教会僧侣作为固定的读者群，它们的销售较之文学作品更有保障，而对文学作品的购买多数只是出于个人爱好。因此，文学在早期印刷品中所占的比例要小于中世纪盛期和中世纪晚期手抄本时代的文学比例。在15世纪，《尼伯龙人之歌》被多次誊写，却从未被付印。宫廷骑士爱情诗找不到出版人,《帕西法尔》倒是出版了,可是没有什么买家。15世纪出版的约五千种文学作品中,付之印刷的只有十分之一,最好的文学作品还不在其中。奥斯瓦尔德·封·沃尔肯施坦①的诗歌和海因里希·维腾威尔②的《指环》(Ring),在今天被视为德国中世纪晚期最具独创性的作品,当时却鲜为人知。前者藏于家族档案中,后者只有孤本传世。恰恰是中世纪文学中较为重要的作品未被新兴的印刷术发现,或是湮没无闻,或是秘藏于修道院图书馆或贵族家族档案中,直到进入现代,当浪漫派文人开始编写文学史时,这些宝贝才得以重见天日。

将中古高地德语文学与意大利文学做一比较,前者的不幸遭遇便昭然若揭。但丁、彼特拉克、薄伽丘用本民族语言写成的《新生》(La vita nuova)、《神曲》(Divina Commedia)、《歌集》(Canzoniere)和《十日谈》(Decameron)从诞生之日起直到今天,始终是意大利乃至欧洲文学中的经典,这得益于印刷术的传播。这些作品问世的时间晚于德国宫廷骑士文学几十年,面世之时依然是手抄本,然而在印刷术传入意大利后不久,立刻通过这种新媒体而广泛流传。因为没有语言史上的断裂,这些名著的流

---

① 奥斯瓦尔德·封·沃尔肯施坦(Oswald von Wolkenstein,1377—1445),德国中世纪晚期著名诗人,著有大量爱情诗、祝酒诗。

② 海因里希·维腾威尔(Heinrich Wittenwiler,生卒年不详),康斯坦茨主教的宫廷侍卫,著有讽刺教导诗《指环》(1408/10)。

传从未中断过，从面世之日起，便成为意大利文学的永恒典范。三位托斯卡纳诗人在意大利语言史上的地位可与后来德国的路德相比，当然路德并不想成为诗人，他也还远远不能成为诗人的榜样。

这些来自佛罗伦萨及其他意大利北部地区的诗人有一个先天优势，即他们本人都属于城市巨贾和学者阶层，他们的文学贴近市民阶层的生活。在那个时代，这个阶层构成了最重要的文学读者群。相反，中古德语文学是贵族文学，到了中世纪晚期，贵族阶层面临政治和经济危机。新式武器和新兴战术的使用（例如对瑞士乱民暴动的集体镇压）使得骑士古堡和骑士美德成了明日黄花。因为农业人口的流失和瘟疫的肆虐，农奴数量日渐萎缩，贵族收入也日渐减少。城市贸易和君主属地的行政管理都离不开市民知识阶层的智慧和高效的货币体系。社会构成趋向多元，尽管新的社会中还有圣殿骑士小说流传，但那只不过是原作的粗俗翻版以及舞台上的嬉耍打闹，观众听到的已经不再是原汁原味的美妙词韵；形式严格精巧的贵族爱情诗则蜕变成了僵化呆板的工匠歌曲。中世纪盛期的采邑主希望以文辞精美的文学作品表彰他们的卓异之处；中世纪晚期，王城首府和大学城里的新市民需要有人写些东西提供粗野的逗趣、道德教化和宗教指导。大大小小的新作品让人眼花缭乱，艺术水平却很有限。在一片混乱中，文学失去了立足之地，变得功利化，成了宗教戏和世俗戏，教育小说、讽刺和谐谑故事，布道词和修身书，事务和庆典等场合中需要的应景诗,与文学本身毫不相干。这些作品要摆脱速朽的命运,完全依赖机缘巧合,侥幸留存下来的作品也往往并非实至名归。德国的文学状态,或者说是没有文学的状态,从 14 世纪一直延续到了 18 世纪初,几乎没有什么变化和改善。这种状态延续了很久,它的文学产品,或者说是文学副产品,却都寿命不长。这些作品是如此不值得一提,以至于几乎每个后来的德国作家都有理由,也不得不从头开始。

　　到了近代早期,中世纪德语文学就几乎已经被人遗忘,除了以下少数几个例外:弗莱丹克[①]的格言集、温斯贝克道德教育诗[②],以及由中世纪传说改编而来的民间故事书。16 世纪,一些学者在翻阅历史和法律文献时,偶然发现了用古高地德语和中古高地德语撰写的文学作品,他们将其编辑出版,并用拉丁文注释评论。这种情况在 17 世纪更为常见。这些考古发现激发了猎奇式的好古之心和拳拳的爱国之意,也增加了学者们研究德语发展史的兴趣,其中尤以马丁·奥皮茨[③]和克里斯蒂安·格

---

① 弗莱丹克(Freidank,活动时期为 13 世纪初),德国讽喻诗人,他的作品被认为是标准的道德格言宝库,精练简洁。

② 温斯贝克道德教育诗(Der Winsbeck)是产生于 1220 年,用中古高地德语撰写的道德教育诗。

③ 马丁·奥皮茨(Martin Opitz,1597—1639),德国巴洛克诗人、著名文论家,著有《论德意志诗学》是第一部德语诗学论著,对后世影响深远。

吕菲乌斯[1]成果斐然。评价文学价值的高下和获得美学养分，从来不是文献考古的目的，也不是它的成果。历史学家格奥尔格·封·埃克哈特（Georg von Eckhart）在 1715 年发现了《希尔德布兰特之歌》（*Hildebrandslied*），之所以将它编辑出版，是因为他认为这部史诗提供了早期德意志部落的历史材料。博古通今的学者重视的只是中世纪文学中的史料，直到 18 世纪中叶之前，被世人忽视的，恰恰是 13 世纪最好的文学作品，即圣殿骑士小说和宫廷骑士爱情诗，因为它们纯粹是虚构文学。

严格说来，文学是一种带给读者美学享受的东西。一旦中世纪文学无法提供这种现代意义上的体验，一旦这种体验无法由读者从文本中获得，那么它们只是潜在的，并非真正的文学。中世纪德语文学的地位获得承认，要等到被称为马奈塞手抄本的《宫廷骑士爱情诗集》（*Sammlung von Minnesingern*）在苏黎世出版。约翰·雅克布·博德默尔[2] 1748 年选编了其中部分诗歌出版，1758 年出版了全集。正如博德默尔所说，在这之前发现的中世纪德语文献机遇不佳，"德国古老诗歌中最璀璨的作

---

① 克里斯蒂安·格吕菲乌斯（Christian Gryphius，1616—1664），著名的德国巴洛克诗人、剧作家。

② 约翰·雅克布·博德默尔（Johann Jakob Bodmer，1698—1783），启蒙时期著名的瑞士历史学家、文学评论家，与戈特舍德的文学论战是启蒙时期德语文坛的重要事件，他强调想象为文学创作的基础，致力于对中世纪德语文学的重新发现。

品是由法学家最早发现的，而这些家伙除了发霉的故纸堆之外什么也没看到”。法学家之所以喜出望外，只是因为"在故纸堆中发现了古代执法的痕迹"。"我们的喜悦来自文本内在的和诗学的价值，来自它蕴含的感觉、画面和思想；我们乐意与睿敏的，即对美的艺术形式有感受力的国民分享这种喜悦。"从这一刻起，也就是说，从18世纪中期开始，宫廷骑士爱情诗、英雄史诗和圣殿骑士小说才被归入德意志文学之列，或者人们应该小心翼翼地用上虚拟式，它们本该属于德意志文学，前提是，它们能够找到自己的读者，而不是只有日耳曼学教授对它们感兴趣。

只有到了18世纪，中古高地德语文学"内在的和诗学的价值"才有可能受到关注。历史考证和诠释学的移情第一次结合在一起，为的是解释那些年代久远而又陌生的表达方式如何恰当地传达了古老的世界观以及与之相应的艺术主张，从而获得时人的理解，甚至是喜爱。虽然年代殊异，然而心理攸同——拓展了的现代艺术概念赋予了现代之前的文学以美学现代性。博德默尔已经初步使用语文学的注疏方法。诞生于1800年前后的日耳曼学则完善了这门技艺，它的意义在于，拆除语言和历史的障碍，使得"睿敏的国民"终于能够像阅读古典和当代文学一般欣赏中世纪文学。

博德默尔立志让骑士爱情诗和宫廷史诗进入经典读物之列，他的希望落空了。四十年后，赫尔德失望地发现，尽管哥廷根林苑派的爱国诗人发表了几篇效仿之作，当时的文学评论也颇多肯定之辞,博德默尔中世纪诗集注疏本仍积压在书店里滞销。自此以后,德意志中世纪文学的这种尴尬处境几乎没有被改变过:一边是专家心悦诚服的赞赏和公开大力推荐,另一边是在读者群中备受冷落。无论德语语言文学系(此专业起初是单为研究古日耳曼语和古德语而设置)的教授如何极尽赞美之词,称之为德意志民族文学的开端,德文系之外的读者也对这些语气坚定的赞美充满敬意和认同,他们只是无法产生阅读的兴趣,无论是对原文还是译文。只有专业内的学生是中古德语文学诸多注疏校勘本的固定消费者,但即便是他们,通过考试之后也不会再去碰这些书。德语中世纪文学中的"经典"文本属于德意志文学的库存,而非必读书目。它们应该出现在另一部文学史中,为了与德语文学史区分开来,人们也许可以称之为日耳曼文学史。德语文学中属于日耳曼文学史的区域日渐扩张,非专业读者对它们的认识与喜爱却渐渐萎缩。

自博德默尔之后,作家便参与到对于德国中世纪文学的考古发现中来,尽管考古发现的文献编纂工作还是要交给语文学家。瓦肯罗德①成功地用宫廷骑士爱情诗之美说服蒂克②用现

---

① 瓦肯罗德(Wilhelm Heinrich Wackenroder,1773—1798),德国早期浪漫主义作家,著有《一位热爱艺术的修士的内心倾诉》。
② 蒂克(Ludwig Tieck,1773—1853),德国浪漫主义作家、评论家、翻译家,著有《金发艾科贝尔特》《穿靴子的猫》等。

代德语改写它们。但是,作家的推荐也无法改变它们与读者寡缘的命运,无论是蒂克还是当代作家,例如吕姆科尔夫[①]宣称宗师于福格威德的瓦尔特(Walter von der Vogelweide),迪特·库恩[②]以奥斯瓦尔德·封·沃尔肯斯坦(Oswald von Wolkenstein)为题材写过小说,君特·格拉斯[③]的《相聚在特尔格特》(*Treffen in Telgte*)则取材于 17 世纪德语文学。只有瓦格纳的歌剧是个例外,它将中世纪文学以神话的方式,不借助文本,保留在了人们的集体记忆中。19 世纪的绘画常以瓦格纳歌剧《尼伯龙人之歌》场景为题材;歌剧中的情节和角色甚至出现在了政治演说中。但是,这并未激起人们阅读中世纪文学的兴趣。人们更愿读关于中世纪的书,而不是中世纪文学本身,这也解释了为什么艾柯的《玫瑰之名》获得了世界性的成功。德意志文学中被冠以经典之名的只有魏玛古典文学和现代主义文学,这意味着它们同时属于过去和现在,留在了读者记忆中。为了符合这一经典定律,但丁、彼特拉克和薄伽丘被解读为近代文学的开创者,而不是中世纪文学的终结者。现代文学对古典文学或是继承,或是有意识地背离,横亘在古典和现代之间的是被人遗忘

---

① 吕姆科尔夫(Peter Rühmkorf,1929—2008),当代德国著名诗人、剧作家,1993 年毕希纳文学奖得主。

② 迪特·库恩(Dieter Kühn,1935—2015),当代德国作家、诗人。

③ 君特·格拉斯(Günter Grass,1927—2015),当代德国著名作家,1999 年诺贝尔文学奖得主。

了的中世纪。

德国读者不愿阅读中世纪文学，这并不令人费解，甚至也并非出于无知。当年德国浪漫派为终于找到了德意志文学的源头而欣喜万分，因为有了护身符，从此便不必担心误入歧途。这种喜悦没有持续多久，他们很快发现，即便众所倾慕，受到热烈鼓吹的德意志中世纪也并不显得那么德意志。起源于德国的罗曼语研究带来了让人头脑清醒的研究成果：中古高地德语文学深受普罗旺斯和法国北部文学的影响，执迷于形式高雅规则严格的文字游戏，热衷于格律、内容和思维固定模式的循环往复，仅有细微的变动，远离现实生活的虚假爱情观念，虚拟骑士世界中的冒险承诺。简而言之，这属于等级森严的封建社会中的交往仪式。对于18世纪的德国人而言，还有什么比这更缺乏德意志精神呢？这里看不到18世纪德语文学中的真挚诉求，纵使日耳曼学者出于民族教育的考虑试图遮掩这一矛盾，在中世纪文学中依然找不到一点自然、生活、真理、严肃、人民、天才及倾诉的痕迹。人们原本期待北方文学的起源原始天真，一如麦克菲尔逊[①]的《莪相》(Ossian)中粗野而又感伤的诗歌，后来《莪相》被证实为18世纪的伪作，这一期待落空了，因为人们发现，真正在德意志中世纪文学中占主导地位的是艺术上精雕细琢、矫揉造作

[①] 麦克菲尔逊(James Macpherson，1736—1796)，苏格兰诗人，以假托古高卢歌手莪相之名撰写的诗歌而成名。

的宫廷文学。而与这类德语文学相比，莎士比亚的戏剧、塞万提斯的《堂吉诃德》、卢梭的对话录、斯特恩的《项狄传》（*Tristram Shandy*）更具有德意志特征。因此，是这些作品，而不是德意志中世纪文学，成为近代德语文学仿效的对象。

德意志中世纪宫廷文学中有一些作品格外突出，它们将贵族的嬉游生活和骑士价值观与基督徒虔诚严肃的生活观相互对比，使得前者成了道德批判的众矢之的。文学的宗教性有多种表现形式：有抒情诗和叙事史诗中的十字军东征，如沃尔夫拉姆（Wolfram von Eschenbach）的《维勒哈尔姆》（*Willehalm*）；有基督教传奇故事，如哈尔特曼①的《格勒戈利乌斯》（*Gregorius*）和《可怜的海因里希》（*Der arme Heinrich*）；或是在《兰斯洛特骑士故事》（*Prosa-Lancelot*）中从基督教教义出发，批评骑士的傲慢；有在《帕西法尔》（*Parzival*）中试图对骑士制度给出符合教义的解释；或是在《特里斯坦和伊索尔德》（*Tristan und Isolde*）中因为用词不当而渎神犯戒。以上种种不同寻常之处，还仅是发生在贵族的文学想象中，某种倾向却已经在这里第一次露出端倪，直到几个世纪之后，一种独特的德意志文学特征才真正成熟。

13 世纪之后的德意志，文学与贵族的联系不再那么紧密，而在其他欧洲国家，这种密切关系一直延续到 18 世纪。在法

---

① 哈尔特曼（Hartmann von Aue，大致生活在 1200 年前后），德国中世纪文学盛期著名宫廷诗人和小说家。

国，是由"宫廷与城市"（La cour et la ville）共同规定品位标准。中世纪晚期和近代早期的德意志文学缺乏传统、传承和形式，因为它所属的社会阶层不依靠传统、传承和形式获得声望。它是一种底层文学，不是上层文学，要将本阶层的劣势发展为美学上的优势，需要几个世纪的时间：1750 年前后的德意志古典文学便体现了市民、学者和民间三种力量的合体。中古高地德语文学推崇的是贵族的价值观：荣誉、美貌、权力和斗争；而当时的基督教宣扬的道德标准是：谦卑、克制、真诚、博爱。两者之间存在着无法调和的矛盾。基督教是作为被压迫者而非统治者的宗教诞生的。从中世纪到近代，一直是中下层民众更容易接受基督教的道德准则，并在生活中身体力行。因此，中世纪之后的德意志文学中出现了一个现象，宫廷和贵族与德语文学渐行渐远（下一章中会讲到），市民知识分子与文学的关系日渐紧密。这一现象带来的后果是，较之那些由贵族继续在文学创作中产生决定性影响的国家，德国的近代德语文学与基督教传统的联系要紧密得多。

难道在中世纪，德国的普通基督徒就比其他国家的人更虔诚吗？这种突出的宗教性并不仅仅表现在虔诚践行教会的仪规和道德准则上，因为这不需要本民族语言发挥作用，而只有民族语言才会对民族文学的发展产生影响。在女修道院、贝居安修会①以及平信徒团体里,教会的官方语言拉丁文就要让位于高地德语和低地德语。尽管新的神秘主义思潮产生于法国,但它12世纪流传到德国后,就使用当地语言。神秘主义在德国的本土化过程比任何其他地方都要早。最早的神秘主义德语文献是《圣特鲁佩尔特修道院雅歌》(*St. Trudperter Hohes Lied*),记录了一位修士与向他告解的修女的答问。为了能与妇女和普通信徒交流,受过拉丁文教育的男修士也必须使用德语。因此,埃克哈特大师②为教会撰文皆用拉丁语,他为提升基督徒内在体验而撰写的神秘主义著作却是用德语写成。这些文章是为那些有更高精神需要,却没有学过拉丁文的基督徒所作。宫廷文学仅局限于在少数社会精英圈子里流传。随着中世纪的终结,这个精英群体也就消亡了,而神秘主义却通过小范围的传播在市民阶层中找到了拥趸,在莱茵河沿岸的城市里尤为兴盛。随着官方教会公信力的减弱,个人修身的必要性愈益明显。

　　用中古高地德语撰写的世俗文学早已无人问津,埃克哈特、

---

① 贝居安修会(Beginen),13世纪创立的罗马天主教平信徒妇女团体。
② 埃克哈特大师(Meister Eckhart,1260? —1328?),多明我会修士,著名的神秘主义神学家。

陶勒尔①和苏索②的神秘主义著作,无论对天主教徒还是新教徒而言,却都记忆深刻,在中世纪以后也依然留存在集体记忆中,尤其对虔敬派影响深远。1700 年前后,陶勒尔的布道词多次出版,虔敬运动的创始人斯彭内尔③为之撰写前言。神秘主义在中世纪晚期和近代早期文学中几乎没有留下什么痕迹。在那个时代,宗教与文学的最终诉求不可调和,所行之道更是相距甚远,所谓道不同不相为谋。埃克哈特引述奥古斯丁,将认识分为三个层次,即感性的认识、精神的认识以及寓居于精神内部的所谓"内省的"(innewendic)认识:"感性的认识是肉体的认识,它们以眼睛获取画面,从而获得认识;另一种认识是精神层面的,它通过感性画面获得认识;第三种认识寓居于精神之中,它的认识不需要画面和譬喻,那是天使认识世界的方式。"神秘主义的认识方式是最后一种,显然,它已经超越了文学的可能性,因为即便在描述精神层面的时候,依然需要感性图像,因此,文学属于埃克哈特认识论的第二个层次。古典诗学和修辞学就已遵循

---

① 陶勒尔(Johannes Tauler)(1300? —1361),多明我会修士,苏索与埃克哈特大师同为多明我会中世纪晚期神秘主义大师。

② 苏索(Heinrich Seuse,129597—1366),多明我会神秘主义修士,莱茵地区虔修组织"上帝之友会"领导人之一,其《永恒智慧书》(约 1328)是当时在瑞士和莱茵地区流传最广的宗教书籍。

③ 斯彭内尔(Philipp Jakob Spener,1635—1705),虔敬派创始人,著有虔敬派纲领《虔敬的愿望》(1675)。

此理,规定了文学的任务和界限。然而,还有文学的多种可能性存在,可以使得思想的表达摆脱对于意象的依赖:例如使用反讽破坏意象的效果,通过对于艺术表现方法的美学反思,打破对于文学的期待,试图以概念表述观念,通过创造新词(神秘主义者这方面的才能令人赞叹),对于不曾言说和不可言说之物的暗示,通过对于音乐氛围的模仿。当然,从未被人彻底遗忘的中世纪精神遗产要内化为创作元素,还有待莱辛、让·保尔、诺瓦利斯、克莱斯特的出现。让·保尔在回顾中发现,基督教传统中蕴含着多么巨大的文学潜能:"如同世界末日,基督教摧毁了整个感性世界,带走了所有的感官享受,世界被压制成了一座坟山,压制成了一架通往天堂的阶梯,取而代之的是一个新的精神世界……在外部世界崩坏之后,文学精神还剩下些什么呢? ——剩下的是在原处的内心世界。"但是,基督教世界的文学潜能要真正不受限制地为诗意精神所用,还必须等到它的崩塌之后。

第二节　迟到的近代

由德·波尔(Helmut de Boor)和内瓦德(Richard Newald)发起并组织编写的多卷本《德意志文学史》(*Geschichte der deutschen Literatur*)中负责撰写 15、16 世纪部分的一位文学史家对所谓的"偏见",即称这一历史时期的德国文学"质量不高,不值得系统研究"的说法,进行了反驳。他希望通过扎实的注疏整理,并借助文化史和思想史研究,驳斥这种观点,因此他用历史文献史取代了文学史,最后呈现给大家的是满满当当两大卷共一千四百多页。其中提到名字的几百位诗人中,即便是学者(除非他是日耳曼学专家),听说过名字的也可能只有汉斯·萨克斯,但也没读过他的作品。汉斯·萨克斯的名声要归功于歌德的推崇,以及以他为主人公的瓦格纳歌剧《纽伦堡的名歌手》(*Die Meistersinger von Nürnberg*)。文化永远在场,也总有文献流传下来,因此即便缺少值得阅读和记忆的文学作品,撰写一部文化史和文献史也不是难事。读过这两大卷文学史的人,会知道很多作品的名字,却未必有阅读的兴趣。"偏见"往往是被人多次证实的判断。纠正人们对近代早期德意志文学的所谓"偏见"并无意义,更有意义的问题是去考察为何会出现这种情况。

德国发明了活字印刷术,出版业也发展得最早,近代早期用本民族语言撰写的世俗文学不仅数量要少于其他国家,而且更为重要的是,其中找不到一本今天还能让读者感到愉悦、惊讶和感动的作品。在这几百年的德意志文学史中,没有出现可与同时期法国的维庸、龙萨、拉伯雷、蒙田,意大利的桑纳扎罗、阿里奥斯托、塔索,英国的乔叟和伊丽莎白时代的"大学才子派"作家相提并论的世界级作家。在这个时期,唯一一部在欧洲范围内取得成功的德语作品是塞巴斯蒂安·布兰特(Sebastian Brant)的《愚人船》(*Narrenschiff*,1494)。而且,它的名声更多地归功于青年丢勒为之所作的木刻画,其文学手法本身乏善可陈,获得的成功也仅仅局限在这个历史时期。

　　到18世纪中期，德意志文学突然达到了时代精神的高度，接着，甚至似乎超越了时代。在此之前，德意志文学总是落后于它的欧洲邻居，以至于不得不落得个以他人为师的命运，有时落后几个世纪也不足为奇，例如，彼特拉克的十四行诗，长期以来一直主导着欧洲爱情诗的形式和思想体系，直到17世纪初才通过韦克黑尔林（Ceorg Rodolf Weckherlin）和奥皮茨（Martin Opitz）在德国成为风尚。这是一种慧敏的哀诗，歌咏灵肉皆美的情人，因情人离去而哀伤。在其他欧洲国家，这种诗歌形式早在14到16世纪就已被重复、变化和戏仿到无以复加的地步。正是这种主题狭窄而形式小巧的诗歌类型要求每次创作都在原有的基础上进行细微精巧的变动，从而使人认识到，文学作品产生的前提是对语言艺术的把握和对虚构游戏的宽容。然而，审美上的不拘小节吓坏了具有道德和宗教清教徒倾向的德国作家，在彼特拉克主义对感官之美和世俗之爱的歌颂中，他们嗅到了罪恶的气息，更糟糕的是，近代文学甚至准备抛弃上帝。

　　尽管意大利在地域和政治上都与德国具有亲缘性，它的大部分板块隶属于德意志神圣罗马帝国，但是意大利人文主义要到一百五十年后才在北方发生微弱的影响。而且这迟到的影响发生得不合时宜：1500年前后，德国人文主义学者策尔提斯（Celtis）、罗伊希林（Johannes Reuchlin）、皮尔克海姆（Willibard Pirckheimer）、乌里希·封·胡滕（Ulrich von Hutten）以古罗马为师,用西塞罗的高雅文风替代平常的教会拉丁语,然而在二十年以后,这场迟到的德意志文艺复兴就被宗教改革运动的阴影所遮蔽,新异教风格及其生活理想为宗教改革者所不容。德国人文主义者为了与教会抗衡,使用拉丁文写作,因此他们的影响力几乎没有突破大学的范围。不过,文学与大学的紧密关系也是第一次出现在德意志思想史及文学史上。

迟到现象在 17 世纪继续发生。如果我们不是以"巴洛克"命名从古典主义者奥皮茨开始到由矫饰主义者霍夫曼斯瓦尔道(Christian Hofmann von Hofmannswaldau)结束的时代,而是称之为"文艺复兴和矫饰主义"的话,就更容易理解为什么这依然是落后百年的迟到的时代。"巴洛克"概念源自艺术史,原用于描述从 17 世纪到 18 世纪初欧洲建筑和油画的独特风格。这些特征经过评论家的大力阐述,出现在了对"巴洛克时期"德国文学的描述中,由此被赋予了时代精神的光环,甚至引领了欧洲艺术潮流。日耳曼学通过巧妙的命名,将他山之石变成了匠心独运。

在德国,古典传统的复兴不仅开始得较晚,而且也失去了在其他国家的锋芒和实质性意义。从弗朗切斯科·彼特拉克(Francesco Petrarca)到瓦拉·洛伦佐(Valla Lorenzo),在这些意大利人文主义学者身上,人们第一次看到了由哲学怀疑精神与美学激情共同构成的知识分子特征,它或明或暗地背离了其所属社会的神学和道德基础。谁若在不信仰基督教的作家身上发现了理想的风格、审美和处世原则，就会对基督教信仰和道德产生疏离感。在佛罗伦萨人马奇里奥·斐奇诺（Marcilio Ficino）或皮科·德拉·米兰多拉（Pico della Mirandola）创立的新柏拉图主义哲学中，艺术家以及艺术评论家用以感性和美为基础的审美宗教取代了基督教。这样一种生活方式的革命是德国人文主义者不敢冒险去进行的。于是在德国，在神圣罗马帝国和众多基督教王国的政治庇护下，中世纪迟迟不肯结束。基督教教义神圣不容怀疑，为了满足这种严苛的条件，人文主义者在教授拉丁文阅读和写作时，不得不局限于形式技巧的训练，宗教改革前后都是如此。人文主义者的学术论说，无论是辉煌之作还是练手的习作，对于宫廷和市民阶层来说都毫无意义，因为他们不识拉丁文。如果人们要寻找合适的名字，用以概括德意志16世纪的拉丁语文学和17世纪的德语文学，"形式主义"是个不错的选择。文学不再是探索未知的经验世界和想象世界的工具，更多的是被用来装点固有的知识，附丽于历史、地理和传记的装饰品。

　　对于16世纪使用拉丁文写作的人文主义者与17世纪使用德语写作的知识分子，文学不过是修辞术练习。而在那个时代，修辞术便已几无用武之地。修辞术发源于古希腊罗马，经由意大利和法国传到德国，作为修习写作和演讲艺术的基础课程，是高等学府里的必修课，遇上学术庆典还要当众表演一番，然而制定关于法律、政治或财政的重大决策时却用不上它。17世纪末,学者入仕也不过是书呆子的幻想,最有权力的职位掌握在贵族手中,他们生下来就拥有这个特权,不必为修辞和治国术伤脑筋。诗人除了在宫廷中偶有歌功颂德的机会,唯一能够施展修辞艺术的地方便是文学。日耳曼学研究近年来将巴洛克文学与中世纪大学里系统的修辞术训练联系在一起,有很多重大发现。细致入微的文学史研究可以考察文学作品受到的环境影响,却无法证明文学作品的诗意魅力,若勉力为之,则有混淆范畴之嫌。文学史研究证明了这个时期的德国文学乏善可陈,这真是可悲的反讽。人们阅读文学史研究报告却常常受益匪浅,要比阅读它们的研究对象更感愉悦。在 17 世纪的德语修辞术中几乎不可能发现典雅的文辞,也几乎很难从陈词滥调的文学中获得审美享受。其他国家的情况则不同,文学作品的可读性不在于它们循规蹈矩,而在于突破常规。一个国家中要出现塔索、弥尔顿、贡戈拉、帕斯卡,前提是语言已经足够自由,可以无视修辞术的规矩,收放自如,而不必有何顾虑。

　　"Poeta, Orator et Philosophus"(诗人,演说家和哲学家)——尼科德姆斯·弗里希林(Nikodemus Frischlin)在他发表于 1585 年的拉丁文剧作集扉页上如此署名。他是诗人,也是演说家和学者,因为在朗诵、研究和翻译古代拉丁文经典的过程中,他习得了三种能力。奥皮茨的《论德意志诗学》(*Deutsche Poeterey*)借鉴了文艺复兴和人文主义运动时期的新拉丁文诗学,并赋予诗人以"学者"的头衔,因为诗人研究的是"精妙的科学"；奥皮茨这样做的目的是为了避嫌，为的是在使用人民语言德语写作时，不至于被说成是下里巴人。14、15世纪的意大利人文主义者撰写学术论文时使用拉丁文，因为拉丁文是当时欧洲的通用语言，但是创作文学作品时却喜用民间俚俗之语。而在德国，拉丁文占据了各个领域。德意志神圣罗马帝国的知识分子最缺乏民族归属感：1520年在德国出版的书籍中，90％是用拉丁文撰写；1570年使用拉丁文的书籍还有70％；1680年德文书才首次在数量上超过拉丁文书籍，其中大多数是宗教修身文学；而在法国印刷、出版的法文书一百年前就已经超过了拉丁文书。即便是讨论科学问题时，法国和英国学者也主要使用他们的母语（母语也是英法宫廷里的通用语言），而德国学者直到18世纪依然守护着拉丁文传统。因此，其他国家的作家早在17世纪初就舍弃了佶屈聱牙、臃肿繁复的西塞罗式句法，因为它不符合现代欧洲的语言习惯，而德国作家直到18世纪初才开始用德语写作，这也影响了德语文学语言的形成。

从拉丁文和德文书籍的比例上可以看出德国学者的自卑情结，毕竟德语是他们的母语。大学生进入学院拉丁文的教育氛围以后，远离原来的生活环境，逐渐荒废了儿时的语言，随之失去的是灵感的源泉。直到18世纪，德国诗人才重新开始发掘民族语言这一富矿。因为拉丁文与普通民众日常生活和言语有隔阂，无法表现诸如蒙田《随笔集》（*Essais*）中外部和内在经验生动的直观性。1600年之后，德国作家也意识到了文学作品因为德语的缺席而导致的孤立和贫乏。奥皮茨在用拉丁文撰写的处女作《阿里斯塔尔库斯，或曰对德语的忽视》（*Aristarchus sive de contemptu linguae Teutonicae*，1617）中，便已流露出对于德语弱势地位的忧虑。德语的自卑情结常常表现在对外国人的抗议中，对于德语语言的研究也是源于外界压力。尤斯图斯·格奥尔格·朔特柳斯（Justus Georg Schottelius）在他名副其实的巨著《德语详述》（*Ausführliche Arbeit Von der Teutschen HaubtSprache*，1663）开头这样写道："一些外国人在文章中谈到德意志人的语言时，将德意志人描述得粗野不堪：他们说话时轰轰隆隆，活像生锈的炮弹打了过来，当当作响。很少有人用德语公开发表作品，德意志人的语言只有一千个字的词汇量，其中八百字是从希腊人、希伯来人和罗马人那里借来的，只有大约二百个粗笨的词语是德意志人自己的。"

在那个时代的德意志，拉丁文是学者的标志。如果学者放弃拉丁文而用德语写作，又拿什么来显示他的特权地位？爱国主义和人文主义之间无法消解的隔阂为 17 世纪德国的世俗文学打上了烙印：即便是德语文学，也必须证明自己有个外国出身，许多作品骄傲地称自己为翻译或仿作，还有一些作品中充满了拉丁语引文，为的是显示作者学识渊博，"引文大全"汇集格言警句以供引用。德语诗词的格律被罗曼语诗歌格律所取代，原本自由变换的轻重起伏变成了有规律的抑扬格转换。戏剧和小说中充满了高深莫测的注释，看上去像是历史学研究。悲剧情节多取材于古罗马和东方故事，甚至借用英国人的历史，就是不能发生在德国本土，因为在德国作家眼里，本国人还不足以高贵到可以进入文学殿堂。多数剧情为历史题材，发生在某个地点不明的宫廷中，但演出不会在真正的宫廷中举行，而是在城市文理中学的剧场里。只有部分滑稽文学获得了额外许可，由此产生了那个时代流传下来的唯一一部时至今日依然有名的小说——格里美尔斯豪森①的《痴儿西木传》（*Der Abentheurliche Simplicissimus Teutsch*）。

知识阶层的文学写作与其生活环境和日常口语的隔阂无处不在，即便在德语证明自身的文学性时，也不例外。为了反驳诸如"德语只有两百个粗词"的偏见，语言艺术家玩起了"精巧"的语言游戏，使用了大量少见而又"好听"的词（至少诗人们自认为如此），举一个不算太糟糕的例子：

溪边桤树绿荫浓，泥鳅儿乐悠悠
　　碧水溪中把卵儿产，缓缓游，
　　不小心咬了钩，渔网上亲了口。
　　云雀啾啾啼，

---

① 格里美尔斯豪森（Hans Jakob Christoffel von Grimmelshausen，1622—1676），德国17世纪最重要的小说家。《痴儿西木传》描绘了德国三十年战争时期的社会场景。

牧笛悠悠鸣，

牧羊女儿飞步走。

约翰·克拉伊(Johann Klaj)绞尽脑汁才得到的精巧诗句，结果还不是如朔特柳斯所担心的那样，轰轰隆隆、嘭嘭啪啪、叽叽嘎嘎作响吗？长期不受重视的德语成了关注的中心，带来的后果却是，内容落入俗套，成了语言的附庸和装饰品。德语文学语言缺乏与民间、常识和社会经验的关系，在这一点上，德语文学与新拉丁语文学的境遇有相同之处。模仿西塞罗风格的新拉丁文已经不再适用于现代社会。17世纪中叶以后，德语在德国成为主要的诗歌语言，但这并非德语文学的自然发展，而是效仿其他民族文学的结果。在其他国家中，诗人们出于自身政治和社会需要，早已放弃在文学中使用拉丁文，而德国人直到18世纪才体会到这样做的必要性。

"迂夫子，书疯子"，这是流行于宗教改革期间的一句俗语。在市民和农夫眼里，学者使用拉丁语便已让他们显得格格不入。王室贵族让法语回归，成了宫廷通用语言。宫廷诗人约翰·封·贝塞(Johann von Besser)在18世纪初就曾抱怨道："王室贵族只有在与下人交谈的时候，才使用德语。"学者的拉丁文和贵族的法语都是国际语言，而德语，连民族语言都不是，因为农民和市民说话写字用的都是各自的方言。直到17世纪中期，经过语言协会的努力，口语才从书面语中被清除出去，而在这之前，人们很难理解本地之外的文学，不同区域之间的文学交流困难重重，更谈不上竞技了。

三十年战争进一步加剧了德意志诸侯割据的局面，又过了一百二十年，戈特舍德才成功地统一了文学语言。戈特舍德获得成功的历史条件中有一点易被人忽视，即当时人们在新教小学和拉丁学校里教授《圣经》用的是路德译本。18世纪德语文学作家无一例外都出身于新教家庭，之所以会出现这种奇特的现象，最重要的原因是新教出身的作家对《圣经》德语译本的熟悉。路德《圣经》的普及使得一种普遍的、没有阶级区分的书面语言得以形成，而且，这一文学富矿提供了取之不尽的故事、人物角色和格言警句。路德《圣经》也为新教布道文学和修身文学提供了德语词汇，使得它们可以为各个阶层的德国民众所理解。在人文主义学者和贵族交际圈里只有拉丁文和法语的年代，新教教会使得德语的语言和文字获得了超越阶级壁垒的声望和用武之地。然而，宗教的肃穆与文学的游戏毕竟在本质上风马牛不相及，路德在德语语言上的创新也终究未能为德语文学带来更多的福祉。

德国上流社会中却有一个开放而又人数众多的人群始终没有放弃德语：女性。因为女性没有上文理中学和大学的权利，即便身为人文主义学者的妻女，也依然使用德语。（只有贵族妇女在17世纪开始热衷于法语，直到19世纪，在德国上流社会中，法语依然是身份的标志。）在安德里亚斯·格吕菲乌斯（Andreas

Gryphius)的喜剧《霍里比利克里布利法克斯》(*Horribilicribri-fax*,1662)里,男人们说一口糟糕的德语,军官们爱拽几句法语、意大利语和西班牙语,村里的老夫子绉几句希腊语和拉丁语格言附庸风雅。只有剧中的女性角色,以及她们喜爱的小伙子帕鲁迪乌斯,说着准确的德语,她们口中的德语纯正地道,没有风格混乱,让今天的读者看上去也甚感亲切。一百年后,盖勒特①称女性为理想的书信作者,因为她们的表达方式很"自然",也就是说,没有书呆子气和洋泾浜味。教育的缺乏反倒成了文学创作上的优势——贝蒂娜·布伦塔诺②和拉结·瓦恩哈根③的书信集便是证明。

几乎在同一时期,莫里哀有两部主题类似的喜剧《可笑的女才子》(*Les Precieuses ridicules*)与《博学的女人》(*Les Femmes savantes*)发表,将它们与格吕菲乌斯的语言讽刺剧比较,会得到不少启发。在莫里哀的剧本中,女士们说得一口华丽的法语,连女士也有能力模仿不同寻常的风格,甚至将这种语言风格发挥

---

① 盖勒特(Christian Fürchtegott Gellert,1715—1769),德国启蒙运动作家、诗人。

② 贝蒂娜·布伦塔诺(Bettina Brentano,1778—1842),德国浪漫派女作家,浪漫派作家克莱门斯·布伦塔诺之妹、阿尔希姆·封·阿尔尼姆之妻,著有通信集《歌德与一个孩子的通信集》(1835)。

③ 拉结·瓦恩哈根(Rahel Varnhagen,1771—1833),犹太女作家,浪漫主义时期柏林著名文化沙龙的召集者。

到极致，这是民族语言文明程度较高的一种标志。在德国，德语只有在宗教场合会被过分雕琢，甚而有矫揉造作之嫌，比如戈特舍德夫人创作的喜剧《穿鲸骨裙的虔敬派》（*Die Pietisterey im Fischbein-Rocke*，1736）中就有这样的例子，狂热虔诚的女士们言语夸张，甚至使得德语面目全非。尽管女作家们在德语文学形成的过程中并没有发挥多大的作用，但她们的存在不容忽视，特别是当男作家试图摆脱文学创作的不成熟状态时，会忆起自己的母语——名副其实的母亲的语言，即被女性所理解并使用的语言。

在德意志封建制创立之初，人们或可期待德意志的君王诸侯会以意大利的美第奇和埃斯特家族、英国的伊丽莎白一世和詹姆斯二世、法国的路易十四为榜样，着力于对本民族文学的发展，使之发展成为宫廷文学。然而德国君侯无意于此，他们对文学以外的艺术倒是青眼有加：建筑、音乐（指的是意大利和法国歌曲）、举办各种盛大的节日庆典（德国诗人偶尔也会得到在节日庆典上歌功颂德的任务）。只有那些实力较弱的王室宫廷对德语文学感兴趣，如布伦瑞克—沃尔芬比特尔和安哈特—克滕两个公国，原因无外乎文学是花销最小的艺术。而到了18世纪末，德语文学已经是市民文学，同样也是达姆施塔特和魏玛两个较小的公国君主积极参与其中，成为文学的恩主，为的是不至于完全被国力强盛的邻国的阴影所遮蔽。德国的悲剧和小说中有不少王子公主登场，这并不意味着作家们对本地君侯的生活有多么熟悉,这些虚构的贵族人物大多背景模糊。宫廷之所以更多地成为文学描述的对象,是因为悲剧是高尚的文学体裁,市民没有资格成为悲剧主人公;同一时期流行的牧歌文学中的田园生活同样是想象的产物。

首届巴洛克文学社会史研讨会(1974)的会议主题是:城市—中学—大学—书业。宫廷的缺席显然有充足的理由。而正是这些地位低于宫廷的二流机构力图让德语文学赶上欧洲文学的水平,它们(在此还必须加上新教教会)逐渐促成了一种在欧洲备受重视,同时又具有德意志特色的文学。在欧洲几个较为重要的民族文学中,德意志文学受到宫廷仪规和贵族文学形式的影响最少,而这种情况恰恰是发生在有几十个公国和几千处贵族封地的德国。德意志的君侯向来看不起德意志文学,视之为木讷书生即"书呆子"的营生,任其自生自灭。正是因为上层社会的忽视,在近代早期,德国的文学创作远不如英国那样硕果累累。在英国,虽然清教徒出于宗教原因敌视世俗文学,英国的王室贵族却都热爱阅读。在1750年的柏林同时活跃着两个学者团体,两者志同却道不合,老死不相往来,一方是腓特烈二世创立的研究院,仿效法兰西学院而建,以法语为工作语言,以欧洲启蒙运动为己任;另一方是门德尔松、拉姆勒、阿卜特、苏尔采和莱辛的星期一俱乐部[1]，他们撰写的文学评论为德语启蒙文学奠定了基础。与英国和法国的情况不同，18世纪德语文学的中心并非宫城首府，而是商业城市，如莱比锡、汉堡、苏黎世，这也正是德意志文学的特点。文学交流通过道德周刊、友人团体和俱乐部进行，即便市民官僚阶层的作家和读者有效忠国家的义务，但是他们尽量避免自己的文学生活受此束缚。"会员没有等级之分"，这样的约定出现在波恩一家读书协会的章程中。

德意志文学从受人鄙视到备受瞩目，走过了漫长的道路，因为在17世纪的德国，绝大部分作家所属的市民中产阶级走向没落。原因有很多，最重要的是海上贸易线路转移到了大西洋沿岸，随后是三十年战争，紧接着是路易十四发动的侵略战争。诸侯国首都的经济生产超过了帝国直辖市。直到1750年，德国文学依然没有聚集起人数众多的读者群，也没有合适的剧院可以上演戏剧。战争、瘟疫、经济危机减少了市民人口，也使得市民的政治地位直线下降。市民阶层设立各种门槛，以阻挠底层民众的地位上升。而教育体制便已为社会阶层划分了严格的界限：识字学校是专门为农民和城市底层居民后代设立的，它提供的课程的教育水平远远没有达到大学入学的要求。年轻人要上

---

① 星期一俱乐部（Montagsclub），启蒙时期活跃于柏林的知识分子社交团体，18世纪中叶，随着莱辛、门德尔松（Moses Mendelssohn，1728—1786）、尼克莱（Friedrich Nicolai，1733—1811）的加入成为德国启蒙运动的思想中心之一。

大学,必须由家庭教师专门辅导,或是进入私人预科学校,这些
都需要昂贵的费用。如果没有在文理中学上过希腊文拉丁文课
程,想理解主要由人文主义学者撰写的文学作品非常困难,主动
积极地参与到文学创作中来更是不可能。

市民心向教会,不是向着宫廷,因为宫廷不过是遥远的权
力,而教会是每日的耳濡目染:参加圣仪和聆听布道时,是眼前
的教堂建筑;节日盛典上,是团契里的教友;寻找正信的道路上,
是关于生死的教义。马丁·路德宗教改革是近代宗教史上最重
要的事件,德国人也因此对宗教问题尤其敏感;而宗教改革之所
以发生在德国,也许是因为中世纪晚期以来众多的宗教运动滋
长了德意志民众的宗教情绪。新教的出现及其与天主教反宗教
改革运动的争端,使得几百年来在德国的神学纷争不断,愈演愈
烈,直至兵戎相见,依然悬而未决。宗教战争也使得信徒心生疑
虑,远离神学界的争端,希望不被卷入其中。这样浓重的宗教氛
围对于文学的影响有两面性:先是长时间的压制;当宗教信仰开
始解体时,文学创作突然喷薄而出。

从宗教改革发生后不久直到 16 世纪末,几乎所有公开发表
的文字都与宗教战争相关:传单、讽刺文、对话录、歌辞、寓言和
滑稽故事里不是往己方脸上贴金就是抹黑对手,或是研究局势、
传授机宜、警告恐吓,这些充满火药味的文字便是那个时代最常
见的文学。直到 17 世纪宗教文学继承了中世纪神秘主义传统,
文学才逐渐找到较为平和的语调,也出现了更有文学性的主题。

可以归入这一传统的有：弗里德里希·封·施佩[1]、保尔·弗莱明[2]和保尔·格哈德[3]的诗歌，"西里西亚天使"[4]的格言，雅克布·波墨[5]的文章。在接下去的一个世纪里，重情主义和浪漫主义一代作家汲取了神秘主义文学的营养。这些文学先行者将宗教题材衍化为世俗题材，为后世开创了独特的德国抒情诗传统。他们效仿路德的做法，将"普罗大众"口口相传的谚语、寓言和歌曲转化为文字。在宗教仪式上用本土语言唱赞美诗的习俗流行于16、17世纪的新教路德宗中；西欧其他国家的新教教会里并没有这种风俗，而天主教徒的赞美诗则用的是拉丁文。他们摒弃了巴洛克文学中浮夸矫饰的修辞，师法民歌歌谣，效仿民歌朴素的词汇和旋律。甚至连西格蒙德·封·毕尔恳（Sigmund von Birken），宫廷文学的支持者，也在他的大作《修辞与诗艺》（*Teutsche Rede-, Bind- und Dicht Kunst*）中提出，宗教歌

---

① 弗里德里希·封·施佩（Friedrich von Spee，1591—1635），耶稣会修士，杰出的天主教赞美诗诗人。

② 保尔·弗莱明（Paul Fleming，1609—1640），新教诗人，擅长写十四行诗。

③ 保尔·格哈德（Paul Gerhardt，1607—1676），新教神学家，著名宗教赞美诗诗人。

④ "西里西亚天使"（Angelus Silesius），原名约翰内斯·舍弗勒（Johannes Scheffler，1624—1677），改宗的反宗教改革派，著名神秘主义诗人，著有格言诗集《智天使的漫游者》。

⑤ 雅克布·波墨（Jakob Böhme，1575—1624），德国新教神秘主义者、神智主义者，将自然哲学与神秘主义相结合，对虔敬派影响很大。

曲必须要让每个人，即便是没有受过教育的人，都能听懂。超阶级的单纯与宗教诗中灵魂的深邃结合在了一起，这种单纯后来被称为"自然"或是"民俗"。

> 一颗忠诚的心，
>
> 无上珍宝可媲美，
>
> 你若拥有它，
>
> 真挚祝福应伴随；
>
> 纵有苦痛千万重，我亦笑相迎，
>
> 因我拥有忠诚的心。

从音律和文字上都无法判断弗莱明（Paul Fleming）的这首诗是属于宗教赞美诗还是爱情诗。"忠诚的心"指的是耶稣还是爱人？（后一种解读方式并非全无根据，整首诗六个诗节，每一诗行的首字母连起来正好是诗人情人的昵称"Elsgen"。）在这里，德语抒情诗的独特韵味显现出来，从 17 世纪初到 19 世纪末，京特①、赫蒂②、克劳狄乌斯、歌德、布伦塔诺、艾兴多大③、威廉·

---

① 京特（Johann Christian Cünther，1695—1723），德国启蒙运动早期诗人。

② 赫蒂（Christoph Heinrich Hölty，1748—1776），哥廷根林苑派诗人。

③ 艾兴多夫（Josef von Eichendorff，1788—1857），杰出的德国浪漫主义诗人，诗歌具有音乐性，代表作有《月亮》《快乐的漫游人》《无用人的生涯》。

米勒①、海涅、默里克、施托姆②的诗歌中都有这种独特的韵味萦绕，诗歌内在的音乐性成就了德国最成功的艺术形式——由舒伯特、舒曼、勃拉姆斯、沃尔夫和马勒配乐的艺术歌曲。

在德意志文学史上，还有一条时间更长的线索从中世纪末延续到了当代文学中：荷兰日耳曼学学者赫尔曼·迈尔（Herman Meyer）发现德意志文学中的"愚人"母题转变为"怪人"母题，此外，还可补充一点，即怪人又发展成了艺术家。愚人和艺术家，是一枚硬币的两面，这两种人物类型也许是世界叙事文学人物库中唯一来自德国的形象。布兰特的《愚人船》中列出了各色愚人，他遵循的是神学教义：愚人即罪人，他们因为在尘世中行为不端而无法上天堂享福。盖勒·封·凯泽斯贝格（Geiler von Kaisersberg）1498 年在斯特拉斯堡大教堂的布道便以《愚人船》为基础。格里美尔斯豪森的《痴儿西木传》中，愚人文学固有的讽刺色彩已经开始减弱：小说主人公虽然经常作为愚人出现，但也正因为他的愚笨痴呆而逃脱了常人通常要担负的社会责任。在他单纯愚蠢的外表下隐藏着对世事的洞察，这也解释了他为何最后离开了这个道德沦丧的尘世。有罪的不再是愚人，

---

① 威廉·米勒（Wilhelm Müller，1794—1827），德国诗人，其诗歌《美丽的女磨坊主》和《冬之旅》因舒伯特谱曲而闻名遐迩。

② 施托姆（Theodor Storm，1817—1888），德国诗意现实主义代表作家和诗人，著有中篇小说《茵梦湖》《白马骑士》等。

而是社会。愚人的角色定位发生转换之后，小说家笔下便处处可见这种特立独行之人，例如在 18 世纪的尼克莱①、威泽尔(Johannes Carl Wezel)、尤其是让·保尔的笔下，19 世纪又出现在格里尔帕策②、施蒂弗特、凯勒的小说中。这些人的生活方式，用虔敬派的话来形容，便是"乡间的隐士"，远离尘世的中心，隐居于自在的乡间，为理想而生活。虽然在别人眼里，他的理想不过是荒唐的念头。他活着、思考着，仿佛上帝站在他的一边。后来人们在一些德国作家身上也发现了这种特征，比如威泽尔、让·保尔或凯勒，又比如波墨、哈曼(Johann Georg Hamann)、叔本华，还有卡夫卡、约瑟夫·罗特(Joseph Roth)与阿诺·施密特(Arno Schmidt)。英国小说家托马斯·卡莱尔(Thomas Carlyle)为德国思想所吸引，在他狂放奇谲的小说《缝补匠》(Sartor Resartus)中，为这类兼哲人与诗人于一体、低调又狂热的特立独行者树立了一座纪念碑：恶魔教授 (Prof. Teufelsdröckh)。

　　一旦愚人有了特立独行者的光环，他的固守己见便成了个人风格的独特标志而获得认可。德国浪漫派对愚人界最有名的人物堂吉诃德就推崇备至，在他身上已经显现出艺术家的特质：遗世独立、格格不入，孤独地在文学作品中，或者更乐意在幻想

---

① 尼克莱(Christoph Friedrich Nicolai,1733—1811)，德国启蒙时期代表作家。
② 格里尔帕策(Franz Grillparzer,1791—1872)，19 世纪奥地利代表剧作家。

中,创造另一个世界,在世时痛苦不堪,死后却声名远扬。歌德的维特和威廉·迈斯特之后,艺术家和具有艺术家气质的人便成了德意志文学中最常见的形象。最近几十年中,大获成功的小说中的主人公都是个性独特并且也因此而蒙难的艺术家,从格拉斯的《铁皮鼓》(*Blechtrommel*)到聚斯金德(Patrik Süβkind)的《香水》(*Parfüm*),再到罗伯特·施耐德(Robert Schneider)的《睡神的兄弟》(*Schlafes Bruder*),皆是如此。

　　法哲学家萨穆埃尔·封·普芬多夫(Samuel yon Pufen-dorf)在著作《德意志帝国宪法》(*De Statu Imperii Germanici*,1667)中,经过对德意志帝国国家宪法的考察,得出结论,帝国是一个"奇形怪状的庞然大物",但是它的物质资源使它具备了成为坚实帝国的潜力。如果普芬多夫对当时的德语文学也作一番考察的话,可能也会得出相似的结论,作出相似的预言,而且预言实现的方式或许会更为辉煌。

第二章 功业始成：18 世纪

第一节 牧师之子——缪斯之子

1818 年,年近七十的歌德称新创作的诗歌《午夜时分》(Um Mitternacht)为"生命之歌",郑重荐于友人,恳请"热忱记诵"之。诗歌第一节如下:

> 午夜时分,并非我愿,
> 我这小小、小小男儿,穿过墓地,
> 前往父亲的家,牧师的家,
> 星星挨着星星,闪烁得竟都如此美丽;

在那午夜时分。①

　　歌德没有忘记，他的父亲不是牧师，而是一个有着"王室参事"头衔的闲人。不过，歌德在晚年习惯于突出典型、淡化个性，已是不争的共识。早在青年时代，他就被哥尔德史密斯（Oliver Goldsmith）在《威克菲尔德的牧师》（*Vicar of Wakefield*）中描述的牧师生活所吸引，在弗里德里珂·布里翁②居住的塞森海

---

① 《午夜时分》的后两节译文如下：
　　　　后来我远涉生活的重洋
　　　　不得不向牵引我的爱人走去，
　　　　星辰和北极光在我头上较量，
　　　　我来来去去啜饮着喜乐；
　　　　在那午夜时分。

　　　　直到最后那满月的青光
　　　　明亮地直射入我幽暗的心田，
　　　　还让那顺从、深思、迅疾的思想
　　　　萦回着往日如同萦回着来年；
　　　　在那午夜时分。
　　（译文参考《歌德文集》第8卷，绿原译，人民文学出版社，1999年，第299页。）

② 弗里德里珂·布里翁（Friederike Brion，1752—1813），阿尔萨斯地区一个牧师的女儿，与狂飙突进时期的青年歌德有过短暂而又热烈的爱情，著名的《塞森海姆组诗》便是歌德当时心情的写照，晚年歌德又在自传《诗与真》中回忆这段爱情。

姆，又亲身经历了牧师生活的美好。作为一个德国诗人，歌德似乎更应出生于一个牧师家庭，与他同一时代的诗人、作家多是牧师之子，比如博德默尔、戈特舍德、盖勒特、莱辛、维兰德、舒巴特（Christian Friedrich Daniel Schubart）、克劳狄乌斯、利希滕伯格、毕尔格（Gottfried August Bürger）、赫蒂、伦茨、让·保尔、奥古斯特·威廉·施莱格尔与弗里德里希·施莱格尔。与之相比，同样活跃于德国文坛，却不是牧师子弟的作家名单要短得多，他们中有克洛卜施多克、歌德、席勒、荷尔德林。即便不是出生于牧师家庭，他们也都是新教徒，也就是说，他们在新教学校上学，接受新教教育。在对于德意志文学史具有决定意义的18世纪，几乎难以找到有影响力的天主教作家，同样，也难觅天主教哲学家和学者的身影。尽管在德语国家，包括奥地利，天主教和新教信徒数量大致相当。直到18世纪末19世纪初，才有天主教作家出现，比如格勒斯（Johann Joseph Görres）、布伦塔诺（Clemens Brentano）、艾兴多夫（Joseph von Eichendorff）；而要到下个世纪之交，天主教作家才在数量和级别上可与新教作家媲美，甚至后来居上。

出现这样的情况并非偶然，牧师家庭对于德国文学的影响已经在本书中被多次提及，薛夫勒（Herbert Schöffler）从文学社会史的角度、薛讷（Albrecht Schöne）从文学作品的语言形式分析入手描述了这种现象。在18世纪，牧师家庭是最有条件提供持续稳定教育的地方，因为那时尚未出现由国家管理，面向所有阶层开放，由受过培训的老师专门从事教学，严格依照能力选拔学生的文理中学。天主教内也没有出现相似的情况，因为神父有独身禁欲的义务。路德《圣经》是新教牧师和教会最重要的书，同时也是牧师在家庭中授课的基本教材，它的语言虽然缺乏鲜明的细节，来自日常生活中的寓言和喻象却赋予了枯燥的记录、格言和说教另外一种感性：想象的感性。牧师的藏书里也有世俗的书籍，比如古希腊罗马诗歌，因为《新约》原文是拉丁文和希腊文，所以牧师在研习《新约》时必须学习古典语言。而在18世纪，这些古典诗歌的版本也变得更为价廉而容易获得。牧师子弟便由此早早认识到了文学之美，对于他们中的一些人来说，文学的魅力胜过了上帝之言。德语文学的经典时期在牧师之家诞生了。在这种神圣的氛围中，世俗书籍也沾染上了神圣的光晕，尤其当诗人借用异教史诗风格处理基督教题材时，比如弥尔顿的《失乐园》（经博德默尔的翻译而在瑞士和德国受到广为推崇），又如克洛卜施多克的《救世主》（*Messias*）将两种传统糅合成一种准宗教式的敬慕。只需前行一小步，古希腊罗马文学便也得以享受与《圣经》同样的荣光。以英国人为榜样，德国人认为荷马史诗与《旧约》同源。维特读荷马的方式，如同读《圣经》。在18世纪，莎士比亚的剧作被认为是古典时期之后欧洲近代文学的起源，戈特弗里德·奥古斯特·毕尔格称之为"诗人的《圣经》"。

　　单凭新教牧师家庭的存在，无法解释德意志文学异军突起的现象，因为自16世纪起就有牧师家庭的存在，也就有了能书会写的牧师和牧师子弟。之所以宗教改革后的两个世纪中没有出现令人印象深刻的文学作品，也许是因为当时神职人员的写作纯粹出于宗教目的，牧师的文学创作必须先与宗教完全撇清关系，因此将文学贬低为无伤大雅的娱情之作。文学创作对于基督信仰既无增益也无损害，路德及路德宗也就不置可否，宽容待之。戒律更为严格的教派，如加尔文宗和虔敬派，则认为文学诱人堕落，他们反对戏剧舞台上和世俗文学中出现任何《圣经》引文，即便只是暗示，因为他们认为，将宗教和世俗领域混杂在一起有伤风化，必须严格区分。于是，文学作品失去了宗教的严肃。只要文学不上升到道德教化的高度，它就只能是游戏而已，与所有重大生活领域和严肃思想无关。在18世纪的德国，显然有些新的情况正在发生，以至于文学跨越了新教设置的障碍，且从中获得了创作的灵感。

18世纪之前，宗教和文学之间界限分明。到了18世纪，两股思潮相向而行，打破了宗教和文学的均衡：一方面，虔敬运动试图用一种内在的基督教观念和解释打通所有世俗领域；另一方面，启蒙运动对于基督教的绝对权威提出了质疑。两种显然相互抵牾的思潮碰撞后得出的结果却具有内在的一致性：人们胸怀宗教热忱，去认识启蒙后的世界，这种免除了宗教义务的虔诚，带来了德国文学的兴盛。

当歌德诗中的小男孩，午夜时分穿过教堂墓地，前往牧师家时，在这个阴沉的时刻、阴森的地点上方闪烁着的星空不是上帝的，而是天文学家（或是占星师）的"星星挨着星星"，一个宗教意义上的星群失去了它的宗教内核。在前文所引用的《午夜时分》的开头，以及同一首诗后来的诗行中，除了教堂墓地和牧师寓所之外，再无其他具有宗教暗示的意象。尽管"喜乐"这个词的宗教内涵让人想起，决定是否通往"喜乐"的道路似乎是教会的专利，但在歌德的"生命之歌"里，主宰"喜乐"之路的不是上帝和牧师，而是星辰，是"星星""北极光""月亮"以及它们在人间的对应物——"爱人"和"思想"。"生命之歌"开头的新教氛围，无非是为了衡量一个新异教主义、新古典主义的人生设想距离他的基督教出身有多远。歌德从新教教会中受益不多——在这一点上，他是同时代作家中的异类。因此，启蒙之后的宗教危机中，其他作家试图通过文学、哲学和教化来安抚或神化内在的心灵危机，其中显露出来的种种恐惧和虚伪在歌德那里是找不到的。歌德倒也曾在青年时代与法兰克福的一个虔敬派团体有过短暂的接触，他对他们神秘的世界观颇有好感，对他们的虔敬信仰却不能苟同。

《少年维特的烦恼》不仅被载入德语文学史，其本身也包含着一段德语文学的历史，它的过去与未来。小说的题目让人联想起耶稣受难，但小说没有严格遵循肯彭的托马斯（Thomas von Kempen）在普及最广的基督教修身书《效法基督》（*Imitatio Christi*，1418）里对于信徒的谆谆教诲，给出的却是一个边缘人反叛的异端解读。与耶稣经历相同，维特只要还在尘世间游荡，他关于自然、艺术与爱的新福音便不为世人所理解。然而他的书信集便是他留下的遗嘱，缔结了一个新的教团，维特的信徒从他的痛苦中获得了滋养。那位虚构的书信编者诉诸心灵的语调完全是虔敬派的风格，向读者推荐该书的准宗教式用途："而你，与他同样烦恼的善良人呵，就从他的痛苦中汲取安慰，并让这本薄薄的小书做你的朋友吧。如果你由于命运不济或自身的过错，已不可能有更知己的人的话。"[①]然而，维特的所作所为所愿，使他不能为任何基督教团体所容忍：他醉心于异教诗文（荷马与莪相），崇拜自然，爱慕别人的新娘，狂热自恋乃至最终自杀。全书关于葬礼的结尾，简洁有力，永远记下了维特与基督教的诀别："没有教士来给他送葬。"

　　如果不是出于宗教目的，对于基督教母题所进行的文学改编必然以背离基督教传统为前提。维特"致死的疾病"将德国知识分子尚未完全获得解放的状态放入一个动人的故事中来演绎。他们，启蒙运动的同时代人，逃离教会的清规戒律，同时又试图继承教会的遗产。让·保尔在《美学入门》（*Vorschule der Ästhetik*）一书中如此总结宗教世俗化的过程："一旦不再有宗教，每座神庙塌陷或被洗劫一空，在缪斯神庙中尚能举行礼拜仪

---

① 此处译文参见杨武能译：《少年维特的烦恼》，《歌德文集》第 6 卷，人民文学出版社，1999 年，题辞页。

式。"当让·保尔 1800 年做此预测时,仅有少数受过教育的人还在参加弥撒。魏玛人热衷于倾听赫尔德布道,也仅仅是为了欣赏他的语言威力和思想魅力——教堂已然成为缪斯的神庙。让·保尔的小说《少不更事的岁月》(Flegeljahre)中的主人公瓦尔特便希望"居住在两座古老的神圣高地上:讲经台和缪斯山"。

尽管维特顶多算是个艺术爱好者,却是德语文学里众多艺术家形象的原型。小说无法展示艺术家的技艺,而只能通过叙事将艺术人生的基本规律显现出来:维特式的艺术家无所羁绊,不容于社会,对自己不满,才华横溢、充满魅力而又神秘莫测;他可以主宰自己的命运,因而选择死亡。宗教殉难者、宗教异端和魔鬼附体者正是艺术家这一世俗角色的宗教原型,艺术家形象的影响远远超出了艺术家小说读者圈的范围,而发展成为德意志人理想的自我认同。因而托马斯·曼在政论文《希特勒老兄》(Bruder Hitler)和艺术家小说《浮士德博士》(Doktor Faustus)中将 20 世纪德国历史的灾难归因为形成于 18 世纪的德意志理想人格的诱惑,确实不无道理。

当宗教符号转为美学用途时,教会影响力必然大受削弱。外因显而易见:欧洲启蒙运动对基督教的批判愈演愈烈。启蒙运动对哲学思辨和科学研究的倚重,对于文学创作的发展有弊无益,法国启蒙运动时期的文学成果便是明证。德国的特殊国情使得欧洲启蒙运动到了德国以后发生了转变,德国启蒙运动发生在神学界内部。比克布格和魏玛两地级别最高的牧师赫尔德对《圣经》的历史意义做出了阐释：《圣经》是某个早期文明的历史记录，在这一点上，《圣经》与荷马史诗相似，是使用那个时期的文字写成，也就是说，《圣经》并非字字都是源于上帝口授，上帝之书事实上出于人类之手。哥廷根大学教授米夏埃利斯和海讷①使用同一种历史语文学方法解读《圣经》和古典文献。奥古斯特·威廉·施莱格尔和他的许多同时代人一样，将神学研究与语文学研究混为一谈。哥廷根大学教授的女儿们和学生们——卡洛琳·施莱格尔（Caroline Schlegel）、特雷莎·胡贝尔（Therese Huber）、格奥尔格·福斯特（Georg Forster）、奥古斯特·威廉和弗里德里希·施莱格尔、弗里德里希·奥古斯特·沃尔夫（Friedrich August Wolf）——都摆脱不了无神论者的嫌疑。他们成了浪漫主义文学、文学批评和文学史写作的先行者。细读基督教原典的语文学研究直接导致了基督教的式微，这并未使得这些离经叛道者远离基督教原典，他们为文学而着迷，于是将《圣经》归入了文学经典之列。从启蒙到浪漫的德意志道路并不漫长，启蒙运动的激进阶段很快便过去，一度受到冷落的宗教体验又重新被忆起。浪漫主义者对文化的所有外在形式都提出了审美要求，在天主教那里，审美需求获得了更大的满足，从

---

① 米夏埃利斯（Johann David Michaelis，1717—1791）和海讷（Christian Gottlob Heyne，1729—1812）分别是哥廷根大学的东方学教授和古典学教授。

此以后，新教的影响力逐渐衰弱，以致不堪一击。

　　在启蒙运动展开对基督教的批评之前，新教内部已经形成了不同的阵营。虔敬运动教团对于成为国教的路德宗颇为不满，因路德教内牧师如同行政官员，管理着户籍登记、征兵、捐税和罚金等俗务。不必为此等要务所困扰的虔敬派教徒则专注于个人的宗教体验，宗教灵感总是突然降临、不期而至，唯有在无意识的只言片语、癫狂的歌咏、口头或书面形式的私密忏悔中留下记录。较之路德宗，虔敬派对待文字的方式使得更为丰富和现代的文学创作成为可能。《维特》至情至性的语言令人耳目一新，使它的读者有醍醐灌顶之感，他们相信在文字里感受到了——如其所云——"灵魂深处"的真正"突破"。1775 年，小说发表后的第二年，牧师之子戈特弗里德·奥古斯特·毕尔格致信歌德："能够偶尔从基督教内无聊的聒噪声中抽身，唱响内心深处的灵魂小曲，是件多么惬意的事呀！"毕尔格用"内心深处的灵魂小曲"来描述自己和歌德的诗文风格，正是借用了虔敬派的语言。基督教思想方式和语言习惯在这个时期能够被移译为一种独特的文学语言，居功至伟的并非僵化老派、循规蹈矩、束缚甚多的新教教会，而是亲岑道夫①以来在德国风行一时的虔

---

① 亲岑道夫（Nikolaus Ludwig Graf von Zinzendorf，1700—1760），宗教改革家和社会改革家，德国虔敬派的重要人物，作为摩拉维亚教会领袖，意图开创一个普世基督教运动。

敬派。

在与邦国君主和教廷关系的处理上，德国作家采用了虔敬派的做法：或是避世不出，或是适应外界，将之视为与内心无关之物。他们中间并无如塞缪尔·约翰逊或劳伦斯·斯特恩这样的离经叛道者，也没有类似华兹华斯或柯勒律治的标新立异者，或是雪莱和拜伦式的革命家。他们对于上层社会的批评只限于其内部（其秩序之稳定便证实了这一点）。德国诗人的虔诚具有双重性：一方面，他们喜欢用基督神话的语言讲述终末的真理，例如克洛卜施多克、荷尔德林、诺瓦利斯，这原本该是神学家所为；另一方面，他们尽可能顺从宫廷、教会和家庭提出的要求。如果到了无可忍耐的地步，他们或是逃向疯狂，如伦茨和荷尔德林；或是流亡国外，如维勃林格①和海涅。然而，若没有这样的恭顺，甚至常常是屈从，也许就不会产生那种奇特的幸福，一种隐蔽而又委婉的情绪、少有却又强烈的感受，正是这种情感将德语诗歌中的诗意也带入了散文和戏剧中。

英国的牧师家庭在经受长久的清规戒律束缚之后，到了 18 世纪，开始接受世俗文学，与士绅、商人和海员的密切交往有助于他们熟悉俗世题材。而在德国，贵族阶级更为等级森严，因而德国的牧师家庭社交范围狭窄，几乎只与同阶层的人来往。他

---

① 维勃林格（Wilhelm Waiblinger，1804—1830），德国诗人和作家，求学于图宾根大学神学院，与荷尔德林和默里克交好。

们的教育修养、文化知识与物质生活的贫乏形成了尖锐的对比，特别是在农村，两者的差异更为明显。他们以基督教理想主义的方式来解释这种对比：物质都是无足轻重的表象，精神是本质的存在。因此，德国作家接受了贫穷的命运，满足于出版商支付的微薄稿酬。英国在1709年便已实施版权法，而德国那个时候连版权的概念也还没有。书籍的印数很少，某些书意外的成功只对出版商有益，出版商也时时面临盗版的威胁，而在德国当时邦国林立的情况下，盗版很难避免。影响文学产业的种种不利因素直到19世纪才有所改观。与英国和法国的情况不同，在18世纪德国文学的上升阶段，几乎没有一个作家能够依靠写作生活。作家若能获得一个低微的职务便已欣喜万分，一般情况是当上家庭教师，很少有人能够青云直上。作家既然不能因为写作而致富，物质便决定不了文学创作的目的和内容。

摒弃世俗、远离商业和政治是文学创作独立性在德国的可靠保证，这也是自卡尔·菲利普·莫里茨[①]和康德以来的唯心主义美学所倡导的。经济发展的停滞不前使得"自由作家"在德国出现的时间较晚，况且"自由作家"的自由也必须受到市场的制约。文学长久独立于尚未成熟的文学市场带来的一个好处是：许多独特的作品得以问世，它们的价值无需依靠广大读者的

[①] 卡尔·菲利普·莫里茨（Karl Philipp Moritz, 1756—1793），德国作家，出身贫寒，与歌德交好，著有自传体小说《安东·莱瑟》和美学论文《关于美的模仿》。

好恶来做出轻率的判断。德国作家不需要依靠文学来生活，而是为了文学而生活。

18世纪的德国在经济上落后于其他西方国家，当时德国作家和读者多为神职人员的低级从员、教师和小官吏，他们所属的社会阶层要低于法国或英国文人所属的社会阶层，也低于17世纪的德国作家和读者（一些贵族和上层市民加入了读者和作家的行列），然而，与书籍的交往给予了他们内心的高贵。书籍是知识的渠道和载体，他们通过书超越了狭隘的生活空间，书又在精神上将散居在德国乡野的读书人聚拢到一起。书，特别是口耳相传、竞相阅读的佳作，将阅读的孤独和想象的归属感联结在一起，读者仿佛与他乡的志同道合者心灵相通。在德国，文学社交替代了缺失的首都。作家在前言中与陌生的读者攀谈，仿佛他们是多年的好友。让·保尔尤其擅长此道，他的读者常常信以为真，还回信给他。从未谋面的笔友，通过几次信后，就以挚友相称。与德国人不同的是，法国人将剧院作为社交场所，赫尔德将这种习惯归因为民族性："对于法兰西民族而言，独处是件难事。"他下此断言时，一定想到了德国文人的这种纸上友谊，非社会性的精神社交。对于德意志民族的读书人而言，独处是常事。在18世纪，书信往来陡增，人们热衷于交换私信和文集，尽管许多保守的同时代人认为这滋长了"写作热"和"阅读热"，却有助于孤独的消解，甚至赋予孤独一种免除了所有社会约束的精神特质。

　　当时，散居各地的德国文人唯有一段时光、一个地点可以社交——在大学里，更准确地说，是在新教大学里。即便牧师之子背叛了父亲的职业和信仰，他们也会在新教大学中求学。因此，大学对于德语文学的历史和特质的意义怎么估量也不为过，德语文学的作者、主人公和读者都是大学生。到了18世纪，长期不受重视的大学成为德国学术成长的摇篮，而在其他欧洲国家，对大学的忽视延续到了19世纪末。在德国，大学扮演了本该属于宫廷、贵族教养、上流社会或都市文明的角色，即成为因职业和居所之故而散居各地的文化精英交往的场所。18世纪初，在哈勒和哥廷根两地发生的大学改革为学术研究争取到了独立地位，不再受政府与宗教管制。最后，具体的改革实践在耶拿大学得到了理论总结，在耶拿大学，席勒、费希特、谢林和黑格尔先后发表了一系列著名的就职演讲，将学术研究置于崇高地位，以至于所有的在校大学生和曾经的大学生都将大学时期视为一生最美好的时光，生机勃勃、上下求索。

　　新大学观的影响力最清晰地体现在德国浪漫主义知识分子开放自由的生活方式上，也体现在他们作品的体裁上。大学讲授课和讨论课上教授的讲课和演讲、师生对话以各种面目出现在文学作品中，严肃的版本出现在诺瓦利斯《塞伊斯的学徒》（*Lehrlinge zu Sais*）和弗里德里希·施莱格尔《文学谈话》（*Gespräch über die Poesie*）中，可笑的版本出现在布伦塔诺的市侩讽刺和歌德的《浮士德》中。非常引人注目的是，德语文学中最重要的作品大部分发生在大学中，教授、助教、学生都是文学角色，学者间的争论、书籍和实验室是文学作品的背景。读书人喜欢引用这类学者喜剧，因为这些铿锵有力的诗行升华了他们学生时代的经历和愿望，疯狂的演讲、狂乱的思想、醉生梦死的生活方式、玩世不恭的人生观、所有的欲望与诱惑都化为了崇高。大学生是浪漫派小说和诗歌中的典型主角，他们在18世纪，和诗人一起被封为"缪斯之子"。他们处在一种暂时的绝对自由状态中，在诗意而又魔幻的理念之林里寻找某种愈来愈深刻的意义。

在大学城莱比锡（它同时也是18世纪的出版中心），一位名叫戈特舍德的大学教授为德语文学的发展奠定了制度基础。如果戈特舍德没有肯定德语作为文学语言的地位，没有他关于诗学的授课和著作，没有他主持的评论杂志、翻译和出版，没有他编选的文集（收录的多为国外文学的范本），那么牧师以及缪斯之子的诗意想象就不能成为文学。然而戈特舍德对于德意志年轻人的创新不屑一顾，反而把在德国水土不服的法国文学作为德意志文学未来发展的指南，由此陷入与年轻人的争论。在针对戈特舍德（他还曾做过歌德的老师）的攻击和讽刺中，年轻一代作家学会了如何推陈出新。

近代德意志文学以知识青年的革命为开端，18世纪所有文学创新都最先发生在大学里：比如哈勒大学的阿纳克瑞翁派，以克洛卜施多克为师的哥廷根林苑派，斯特拉斯堡大学的狂飙突进运动,耶拿的浪漫派一代,以及之后的海德堡和柏林浪漫派。德语文坛上符腾堡地区的突然登场要归功于图宾根大学中三个先后出现的朋友圈子:首先是荷尔德林、黑格尔和谢林三位同窗好友结盟,随后是科尔纳与乌兰德①,最后是默里克、维勃林格与弗里德里希·特奥多尔·费舍尔②。从青年德意志运动③到自然主义,从青年维也纳派④到表现主义,包括处于文学团体边缘的"候鸟运动"⑤和1968年学生运动,无一不是在重复着18世纪发生的第一次知识青年革命。18世纪晚期的青年诗人将18世纪初的一位诗人视为同道——约翰·克里斯蒂安·京特(Johann Christian Günther),这位诗人用一种"自然"的诗歌语言替代了诗歌修辞术,且一辈子都未摆脱大学生漂泊无定的生存状态,与市民世界为敌,居无定所,四处流浪,以至于英年早逝。在

---

① 科尔纳(Justinus Andreas Christian Kerner,1786—1862)和乌兰德(Ludwig Uhland,1787—1862)共同创立了德国晚期浪漫主义诗人的"施瓦本派"(Schwäbischer Dichterbund)。

② 弗里德里希·特奥多尔·费舍尔(Friedrich Theodor Vischer,1807—1887),美学家、作家。

③ 青年德意志运动(das Junge Deutschland)是1830年法国"七月革命"之后在德国作家中掀起的民主运动,谋求个人、妇女、犹太人的解放以及思想和舆论自由,代表人物有海涅、伯尔纳等。

④ 青年维也纳派(das Junge Wien),又称维也纳现代派,是1890—1900年以赫尔曼·巴尔为中心的先锋作家团体,其中包括霍夫曼斯塔尔、施尼茨勒等。

⑤ "候鸟运动"(Wandervogel)是指1900年前后在柏林发起的青年团体,以长途践行为主要活动,后来发展成为全德国的青年运动。

德语文学中，很少能够找到具有成年男子成熟心性的作家，连他们的笔下也鲜有此类人物。只有魏玛时期的歌德和席勒是个例外，为了超越叛逆的青春诗作，他们皈依了古典主义；1848年后的德国现实主义作家则渐趋平和圆熟。德国作家及其笔下人物身上刺眼的青涩，易受宏大观念的诱惑，对于年轻诗人、尤其是早夭诗人的膜拜，与他们期望永远停留在学生状态的心态有关。德意志文学的传统便是没有传统，不断出现历史的断裂和革新也与这个原因不无关系。

那些对艺术和思考无动于衷、对于青年不屑一顾的市民，被当时的大学生冠以"菲利斯特人"（Philister）和"俗人"（Spießer）之名，这些大学生用语后来进入了日常语言。市民巡逻队的成员便是些"菲利斯特人"，他们专门防范大学生的出轨行为。《旧约》里，"菲利斯特人"本是上帝的选民犹太人对于世仇的蔑称①，缪斯的宠儿同样轻蔑地将大学城里学术圈外的居民称为"菲利斯特人"。布伦塔诺的文章《历史前、历史中和历史后的菲利斯特人》（Der Philister vor, in und nach der Geschichte, 1811）为其在更为普遍的意义上下了定义："菲利斯特人就是那些没有上过大学的人。而'大学生'这个词在广义上是指做学问的人，求知若渴的人，不像蜗牛似的恋家，而是探索永恒，对科学或上

———————

① 菲利斯特人（Philister）是《圣经》中生活在巴勒斯坦南部沿海地区的居民，是以色列人的世仇。

帝之道孜孜以求的人,他们的灵魂映照出所有的光芒,是思想的倾慕者。菲利斯特人则完全是另外一种人,所有不符合'大学生'广义定义的人,都是菲利斯特人。"直到今天,德国市民依然担心被看作是菲利斯特人,这种恐惧使他们投向了艺术的怀抱。因为有文化青春可以延续大学生状态,德国人不再担心大学时光一去不复返,不再担心成为牧师、图书管理员或是政府职员后,被视为庸人。对于逝去的青春时光的缅怀,对于这段追求爱、艺术、真理的光阴的追忆成就了第二种文学:1815 年后出现的记忆文学,其中充斥着对文学经典的引用,歌唱协会突然流行一时。18 世纪的德语文学是青春的展示,19 世纪的德语文学则充斥着老年人对青春的感伤回忆:默里克的诗歌,施蒂弗特和施托姆的中篇小说,凯勒①和拉伯②的长篇小说,威廉·冯·屈格尔根③的《一个老人的青春回忆》(*Die Jugenderinnerungen eines alten Mannes*),莫不如此。

　　漫游是 18 世纪末德国大学生的发明,一直延续至今,对德国文学和生活方式产生了深远的影响。这项活动在其他国家中

① 凯勒(Gottfried Keller,1819—1890),19 世纪著名瑞士作家,代表作有教育小说《绿衣亨利》、中篇小说集《塞尔德维拉的居民》。

② 拉伯(Wilhelm Raabe,1831—1910),19 世纪德国小说家,著有长篇小说《雀巷纪事》《饥饿牧师》等。

③ 威廉·冯·屈格尔根(Wilhelm von Kügelgen,1802—1867),19 世纪德国画家,擅长宗教题材,他的回忆录深受时人关注。

从未流行，如今在德国也日渐式微。海因里希·博斯（Heinrich Bosse）的研究发现了一个奇怪现象：1770年前后，手工匠人传统的漫游活动被当局禁止，同一时期，漫游却在知识分子群体中流行起来；前者是出于实际的目的，后者则是出于审美的乐趣。漫游者获得了全新的自然体验，无论是风雨交加中"泥泞小道"上的瞬间感受，还是对于自然神性的总体体验，都超越了传统的田园牧歌和英雄史诗里的风景描写。大学生模仿工匠，在漫游途中即兴发挥、吟咏作诗。回忆起青年时代的长途漫游时，歌德说道："我从未与开放的世界和自由的自然如此接近，一路高歌，吟出种种奇妙的颂诗和赞诗，其中一首留存下来，便是《漫游者的暴风雨之歌》（Wanderers Sturmlied）。"许多德国诗歌在标题或第一行诗句中便已点明漫游是灵感的来源和创作的背景。直到20世纪，德语里的自然诗依然请读者设身处地地设想自己置身于动荡不安的路途中，由此才能理解诗歌中的世界："车辖辘的痕迹/收集了雨水，/豆蔻花茎高耸。//狗蔷薇的种子/从花心绽开，/冰冻的荒野/田鼠穿洞而过。"（威廉·雷曼[①]）——这样的情景只有漫游者能够观察到。维特已经将传统意义上循规蹈矩的散步扩展到兴之所至、漫无目的的漫游；单从《施特恩巴尔德的漫游》（*Franz Sternbalds Wanderungen*）、《威廉·麦斯特的

---

① 威廉·雷曼（Wilhelm Lehmann，1882—1968），德国自然魔幻主义诗人，著有诗集《绿色的上帝》、小说《此在的荣耀》。

漫游时代》(*Wilhelm Meisters Wanderjahre*)这些题目上已经可以看出,漫游是德国成长发展小说中的重要主题,也是德国知识分子成长中必不可少的一个环节。德国很少有社会小说,因为社会小说的前提是小说主人公必须是社会中人,或者不断返回社会,社会是社会小说的描写对象。面对鄙陋不堪的德国社会现状,德国小说中的主人公却总是退避三舍,选择了与自然的孤独对话。若能在俯仰天地之间,与伟大的神性自然心心相印,谁还会费心思量自己身处何方,又属于哪个阶级。

在封建社会中,控制"话语权"的贵族阶层的风格和仪式逐渐简化,滑落到与较低社会阶层看齐的地步。在漫游的例子上便是一种反向的影响,这倒完全符合浪漫主义文化革命的主张:精英模仿底层民众的生活习惯和艺术形式。底层人民的质朴格调被神化,在浪漫主义知识分子眼里比精致享受更为高雅。赫尔德在他的艺术纲领《德意志的特点和艺术》(*Von deutscher Art und Kunst*)中对德意志先民的表达方式赞美有加:"天生的坚定、沉着和美丽",而这正是身处欧洲文明中心的赫尔德在民歌中重新发现的价值。阿尔尼姆和布伦塔诺编选的《男童的神奇号角》(*Des Knaben Wunderhorn*)中的诗歌作者已湮没无闻,都归为人民的创作;格林兄弟编写的《儿童和家庭童话》(*Kinder-und Hausmärchen*)也为赫尔德的论点提供了证据。尽管在节律和韵脚上不尽完美,"人民"的诗歌创作能力并不逊色于上流阶层,甚至在自然性和真实性上要更胜一筹。浪漫文学中对于"人民"（Volk）的设想对德国新教徒有所启发，因为他们从宗教赞美诗和诵祷词中，已经熟悉了一种没有阶级差异的文学语言。《男童的神奇号角》中也包含宗教诗歌，其中许多出自天主教，于是，在诗歌的大框架下，第一次消弭了两种信仰的分裂。天主教徒从而得以迈入新教的领地，这是德意志文学史上意义重大的一步。布伦塔诺惊讶地发现，他自己原本便是一名天主教徒。

　　谁若想自己的作品为全体民众喜闻乐见，就必须既能让天主教徒读懂，又能让新教徒理解。因此，黑贝尔[1]《莱茵地区的家庭之友》（*Rheinländischer Hausfreund*）借鉴了祈祷文的形式。祈祷文质朴的叙事风格，影响了从施蒂弗特、戈特赫尔夫[2]到奥斯卡·玛利亚·格拉夫[3]和布莱希特的几代作家，他们的作品使知识分子读者相信自己与人民群众保持一致。在黑贝尔的时代，巴登地区农民真的看他写的故事，或是请人读给他们听。到了20世纪，这些故事早已被农民忘记，哲学家布洛赫和海德格尔又重新赋予它们以深刻含义。正如浮士德与甘泪卿的

---

① 黑贝尔（Johann Peter Hebel，1760—1826），德国作家，著有《阿勒曼语诗歌集》和《莱茵地区的家庭之友》。

② 戈特赫尔夫（Jeremias Gotthelf，1797—1854），瑞士乡土作家，著有小说《奴仆乌里》《借贷者乌里》等。

③ 奥斯卡·玛利亚·格拉夫（Oskar Maria Graf，1894—1967），德国小说家，以描写巴伐利亚农村的风土人情而著称。

结合是一场悲喜剧,知识分子与普通百姓之间的文学结盟建立在虚假的认同和令人失望的误解之上,直到今天,知识分子面对这样的结盟,依然会激动地昏了头脑。

"哦,我的上帝! 这是怎样的一个男人/没有什么他想不到!"浮士德的精神世界对甘泪卿而言是关闭的。直到19世纪末,女孩不可以上大学,也不能与大学生结伴漫游。许多文学作品中的民腔俗调,虽为女性读者喜闻乐见,却不能掩盖这样一个事实:这种腔调是受过高等教育的男士们的仿作,他们将这种化繁为简的浪漫主义式改写看作是智力挑战,乐在其中。女士甚至也不是这类文学作品真正属意的读者,她们更偏好夸张的爱情小说,这种小说在英国和法国很常见,出品于德国本土的爱情小说很是稀少。在18、19世纪的英国,女士们可以在上流社会的社会交往中,而不是在大学里获得学识。绘声绘色地讲述自己在上流社会的亲身经历,对女士们来说并非难事。因此一流的英语女作家大有人在,而德语女作家却只能止步于毫无新意的通俗消遣小说,丝毫不能引起男性读者的兴趣。除了天主教徒德罗斯特-许尔斯霍夫①坚定大胆地从事以男性为创作主体的文学体裁的写作,没有一位德语女作家能够跨入文学的门槛,

---

① 德罗斯特-许尔斯霍夫(Annette von Droste-Hülshoff,1797—1848),德国杰出的女诗人,出生于天主教贵族家庭,擅长抒情诗和宗教诗,有中篇小说《犹太人山毛榉》传世。

那里是牧师和缪斯之子的世界。

第二节 新的语言

第三帝国时期，德国日耳曼学界的民族主义意识形态泛滥，为了消除其政治影响，日耳曼学界在1960年代之后，将18世纪冠以"启蒙"之名。而此前的日耳曼学学者认为，恰恰是在18世纪，情感的意义被发现，民众被神化，德意志民族意识开始形成，而今却要彰显出这个时期的"理性"诉求，以及"理性"作为市民解放工具的意义。启蒙是一项全欧洲范围的工程，当然德国也不乏参与其中的例证。于是，德国从危险的特殊道路上原路折返，加入到启蒙的大合唱中，从而为欧洲共同体所接受。毋庸置疑，德国人有权做此修正，但这样的策略亦有不及之处。18世纪的一些文学机构的确发挥了启蒙的作用，比如道德周刊、读书会，又如宣扬宗教宽容、反对政治压迫等观念有启蒙之功。然而，要从启蒙思潮中找到真正的文学性、发现文学语言，非常困难。不可忽视的是，恰恰是18世纪的英国和德国文学孕育了一场语言革命。

近年来的文学史研究者对启蒙的研究从市民社会的外部世界转向了内心世界，既是为了更好地探究作家创作力的来源，同时也有助于理解，为何读者越来越希望在文学作品中读到合心意的文字。1750年以后，本不属于文学体裁的信函、日记和散文成了新的文学类型,关于个体内在体验、情感、想象和反思的报道进入了文学作品中。卡尔·菲利普·莫里茨(Karl Philipp Moritz)便是典型的例子,他以"认识你自己!"为宗旨,编写了四卷本《经验心理学汇编》(*Magazin zur Erfahrungsseelenkunde*)。他也曾是虔敬派的信徒,后来在其自传体小说《安东·莱瑟》(*Anton Reiser*)中却转而大揭其短。新的心理学,这一研究表达方式、表情和面相的新学科,同这个时期的新文学一样,正好与新教虔敬派的自我研究相契合,这也直接导致了宗教信仰的内在崩塌。在市民启蒙运动过程中,对于内心世界的关注,使得人们对于宫廷或教会内的奢侈仪式产生了质疑。文学史上常常公式化地将启蒙运动与善感风格(Empfindsamkeit)对立起来,然而两者都要求且促使个人成熟独立,不为权威所左右,运用个人的理智,维护个人的情感。

当同时期的法国唯物主义者将机械因果论这一物理学模型应用于对人的研究时,德国的人类学依然是一门关于理解的人文学科,致力于探寻人类精神能力的自然起源,尤其是语言的起源。"语言啊,至为神圣的语言!它是人类精神活动最珍贵神圣的工具",发出这一感叹的戈特弗里德·奥古斯特·毕尔格,与在《圣经》里直接悟到上帝之言的路德以及将诗视为人类语言起源的赫尔德心有戚戚焉。赫尔德评价道:"诗是最古老的语言,是神启的语言,文明的进步是以诗的消亡为惨重代价的。随着以文字为载体的现代文化的兴起,文学丧失了口头文学原有的直观性，已经异化到了最后一个阶段。"尽管赫尔德做出了悲观判断，德国文学的反应并不消极，而是决定重新找回逝去的民族文学的源头。克洛卜施多克创立了巴尔德歌咏文学①，毕尔格写作叙事诗；一些人开始重新宣扬古希腊神话，另一些人则找到了日耳曼传说。人们到民间搜寻湮佚的歌谣，若无迹可寻时，便自行创作。没有创作才能的，如雅克布·格林（Jakob Grimm），就成了热忱的语文学家，对尽可能古老的、尽可能靠近源头的文本进行编辑和诠释，或如威廉·封·洪堡（Wilhelm von Humboldt），成为语言哲学家，将生僻的语言相互比较，以探寻它们共同的内在结构。

　　伴随1750年以后德意志文学和语文学崛起的是作家与语言之间爱恨交织的关系。对于该选择何种文学语言，人们犹疑不决，没有传统的德意志文学基本上是白手起家。1750年前的德意志没有贡献出一部可以作为文学标准的经典作品，甚至连可供批判的反面典型也没有。对于17世纪文学的浮华风格，18世纪的作家深恶痛绝、不屑一顾，他们心中的偶像是分别开创了古典文学和现代文学的荷马与莎士比亚。然而，后辈的效仿之

------

① "巴尔德"是中世纪凯尔特人中的"说唱歌手"，他们在宫廷和各种公共场所讲述各种英雄故事和神话传说。克洛卜施多克自称巴尔德歌手，将以日耳曼民族英雄赫尔曼故事为题材创作的戏剧三部曲称为巴尔德说唱文学（Bardengesänge）。

作，各种试图接近榜样的努力，包括歌德的《赫尔曼与窦绿苔》（*Herrmann und Dorothea*）和《铁手骑士葛兹·冯·贝利欣根》（*Götz von Berlichingen*），却更为清晰地体现出历史的遥远和语言的陌生感。

那么，什么是德意志文学新语言？这是一种并非取自前人文学库存的语言，一种既非过去、又非文学的语言，一种具有新教虔诚特色，特别是受到虔敬派影响的语言。自施彭内尔（Phillip Jakob Spener）发表《虔诚之愿》（*Pia desideria*）之后，不仅仅是牧师，每位虔敬派成员都有权对宗教问题发表见解。而在市民时代的德国，一个文学时代诞生的首要条件是：所有人都有言论自由的权利，许多人有表达个人见解和发表文字的能力。新教语言进入纯文学这一陌生甚至几乎是敌意的领域中，它既是熟悉的，又是陌生的：熟悉，是因为牧师之子在虔诚的氛围内成长，从孩提时代起对这种语言耳濡目染；陌生，是因为新教语言还从未被世俗文学所用，甚至从未被尝试使用过。基督教语言与文学语言的结合对德语文学影响深远，这一结合并未引起当时文学理论和文学批评的关注，文学坚持与宗教分庭抗礼，维护美学领域来之不易的独立性。

世俗化进程中对宗教的批评最终以继承宗教遗产告终。宗教语言在世俗文学中充分释放了其文学潜力，在将新教语言，尤其是虔敬派语言和书写方式转化成文学语言的过程中，出现了一些经典的例子。在18、19世纪的德国诗歌中，人们会不断看到宗教式的祈祷。"一首诗便是一次祷告"，克洛卜施多克如此断言。许多诗以"祷告"为名，许多诗以"主啊!"开头，许多诗呼唤上帝或神灵。基督徒的祷告是人与彼岸世界亲密交流的渠道，诗意的祷告则将人与神的交流扩展为人与世界的虔诚交流，这是一个为神所弃却由诗人重新赋予灵魂的世界。用于描述万物苍生的是另一种宗教语言模式——祈福。"树叶啊，愿你更油绿，/沿着葡萄架，/爬上我的窗"，这是歌德《秋思》(Herbstgefühl)里的祝愿；吕克特①甚至祝福那《夏至日的蜉蝣》(Die Eintagsfliege am Johannistag)："愿你的日子宁静明亮，即便你第二天便已死亡。"在这种庄严语境中，本是世俗的诗句也彻底成了"神圣诗行"，歌颂崇高思想，或是吟咏欢愉一刻的享受，"莫负永恒"②。

虔敬派的语言受神秘主义语言的影响要大于新教教会的语言。虔敬派常常使用的水的喻象便是来自神秘主义，用以比喻上帝之灵注入灵魂中，如泉源、激流、雨水、游泳、流淌、浇灌等。自克洛卜施多克之后，这些意象在德国诗歌中重新出现，流动的喻象使得言说的主体和回应的世界水乳交融。《水上吟》(Lied

---

① 吕克特(Friedrich Rückert，1788—1866)，德国浪漫主义诗人，著名的东方学者。

② 语出诗人克洛卜施多克的名诗《苏黎世湖》(Der Zürichsee)："依偎在友人怀里做一个友人，没有比这更甜蜜、美好、诱人的事，莫负永恒。"

auf dem Wasser zu singen）也许可以成为许多诗歌的题目，而不仅是弗里德里希·莱奥波特·施陶贝尔格伯爵（Friedrich Leopold zu Stolberg）的这一首：

> 粼粼水光，波面如镜，
>
> 一叶轻舟天鹅般轻轻滑翔；
>
> 啊，灵魂欣悦，宛若小舟
>
> 掠过闪烁着柔和光影的波涛；
>
> 因那从云霄坠落波涛的晚霞
>
> 舞动在舷板四周。

即便诺瓦利斯的《虔敬之歌》（Geistliche Lieder）中描述的是黎明的晨光，水的喻象还是再次出现，并上升为一种神秘主义的悖论："将那明亮的五彩之泉/久久地品尝，深深地畅饮。"18世纪中期起，游泳开始在诗歌中出现，一方面是由于水的神秘主义喻象，另一方面是为了证明诗意词汇在俗世生活中获得了新的意义。1700年前后，哲学家莱布尼茨和沃尔夫为神秘主义在形而上学中赢得了新的声望。当后来神秘主义词汇出现在诗歌中时，就具有了双重威严：它们既代表着宗教传统，又契合了当时的哲学观念。经验、图像和概念之间不再有所区分，歌德将这些具有多元含义的词汇称为"象征"。

即便是在崛起时期，德国文学也未摆脱迟到的宿命。此时，小说在其他国家已经成为主要的文学体裁，而在德国，用席勒的话说，小说家"不过是半个诗人"。真正的作家必须写诗，无论是叙事诗、戏剧诗还是抒情诗。尽管自克洛卜施多克的长诗《弥赛亚》之后，不少作家亦纷纷尝试写作史诗，但是史诗体裁要求的崇高特质将一切私人情感排除在外，以至于任何此类尝试，包括《弥赛亚》本身，已不符合时代的要求。德意志文学的宏大气象初露端倪，要等到1750年前后克洛卜施多克创作的颂诗。从此，诗歌成了德意志文学中最受读者和作者偏爱的文学体裁，这种情况一直延续到20世纪初。克洛卜施多克利用了听众和读者的宗教经验，将自己塑造为新文学的预言师，他以充满激情的语调言说上帝、灵魂、解脱和不朽，这本是牧师的职责。而他颂扬春天、爱情和泛舟江上的诗歌并不违背基督教教义，因为诗歌与小说或戏剧不同，并非虚构之作，而是来源于真实的体验，即"真诚的唱诵"。

诗歌的唱诵与基督教仪式中经常进行的唱祷相似，这让人相信，美好文字的悦耳音调并不会有损真诚情感的表达。诗歌的特殊结构，即"我"言说自己的感受，使其显得真诚如生活中每一句诚实的诉说。严厉的宗教观念认为文学是虚构，属于谎言，然而克洛卜施多克、歌德、席勒、荷尔德林的诗歌使持这种观点的人闭上了嘴，他们的诗行是"一大部自白的片断"。而那些显然是虚构的诗句，比如克洛卜施多克之前，具有谐谑情色之风的阿纳克瑞翁体，或是后来歌德《西东合集》（*West-Östlicher Di-*

van)中富有东方色彩的诗行,并未获得德国读者的好感。为了满足对于严肃虔诚的要求,克洛卜施多克晚年自述道:"若诗句中情感和敬慕的对象不曾真正打动过诗人,不曾使他魂牵梦绕,那他也许从未成为诗人,至少很难始终是个诗人。"

新教也为新的散文体裁准备了可用的文体形式:布道文、修身书、教会通告、忏悔书。赫尔德就已指出,《维特》信中以"如果"开头的句子与布道文的句法结构如出一辙,而无论是赫尔德自己的哲学论文,还是深受当时读者喜爱的让·保尔的感伤小说也无不如此。在那个印本昂贵、寂寞读书的年代,人们惯于静静阅读,就好像打开一本修身书,聆听一场无声的布道。虔敬派大力推动个人忏悔录的撰写,记录内心生活从黑暗到光明的变化,由此而衍生出许多实用和虚构的文体:比如可与别人分享的私人日记、书信和书信体小说,模仿卢梭(出身于加尔文教的日内瓦地区)《忏悔录》而撰写的自传与记录内心皈依和转变的宗教忏悔录颇有相似之处。这些文学形式摇摆于私人领域和公共空间之间,它们来源于个人经验,保证是真实的,又公之于众,从个人述说到文字记录,再到出版发表,这样的转变显得很自然。每种真实的经验都值得公开发表;反之亦然:每种公开的出版物都给人一种印象,个人经验对所有人有效。直到今天,不管现代文学理论如何认为,德国读者依然更倾向于文学是真实的观点。比起马拉美和俄国形式主义者之后冰冷的现代诗学"构造"说,他们更服膺狄尔泰的判断:"文学产生自述说个人经验的欲望",

而现代诗学则将文学创作解释为语言技巧的游戏。

狄德罗《关于聋哑人的书信》(Lettre sur les sourds et muets)为艺术表达定下目标：尽最大可能打动听众。尽管狄德罗要摆脱文学作为修辞术传声筒的传统角色，他将文学功效定义为具有表现力，还是受到了修辞术的影响。德国文学也许也会注重表达，以产生对听众和读者的影响，但对效果的追求不能成为目的，不能成为一种技艺，因为对成功的觊觎会有损落笔时的真诚。文本与读者的沟通必须自然而然地发生，不落人为的痕迹，这与注重表达的诗学相矛盾。卢梭的书信体小说《新爱洛绮丝》(Julie ou La Nouvelle Heloise)中将恋人之间以及恋人与朋友的通信公之于众，激情本身便成了社会事件。歌德的《维特》在许多地方效仿卢梭的这部小说，却只有维特孤独的独白，没有答复。从维特的失望可以看出，他致信的对象威廉，显然未能读懂他的信。不以交流为目的的独白有不被人理解的危险，却恰恰保证了所述经历的真实：这种经历是如此独特、奇异而多样，引发的情绪不为常人所理解。

表达所不及之处，如克洛卜施多克所云，"正是激情的真正显现"。"将某场演出引发情绪中的不可言说之处表达出来"，这句话本身蕴含悖论，康德似乎没有意识到这一点。不可言说之物该怎样表达呢？"不可言说的老日子"，这是默里克一首诗中的最后一句，戛然而止。无法言说之物指向的是所有表达的最深之处——灵魂(Seele)，德意志文学中的关键词之一。而德意志文学中的创造性因素恰恰在于,将灵魂完全诉诸语言的愿望,无法言说的无奈,以及至少是认识到和承认表达灵魂意愿的希望。因此,正如德语课上所实践的那样,从文本显露的迹象中探寻文中角色或是作者本人灵魂隐秘的运动轨迹,正是阐释学的基本任务。断片获得了极高的重视,无意形成的断片比刻意为之的更为重要。荷尔德林的经历和思想也许比他在文学语言中所能呈现出来的要更激动人心,人们对他的崇仰也部分缘于这样的猜想。他晚年赞诗中的留白反而增强了其勉强可识的文字形成的灵氛。不完美和笨拙的表达,无论是让·保尔的格外繁复,还是施蒂弗特的格外朴实,都不被认为是能力的欠缺,而是独特个性的显现。已经成名的年轻诗人歌德曾经鼓励女诗人安娜·露易丝·卡尔斯(Anna Louise Karsch)将草稿寄给他看。"您有时可将即兴创作寄予我,我喜欢和看重所有强烈的内心表达,不管它们看上去是只刺猬还是爱神阿摩。"

将灵魂的活动用语言翻译出来,是件难事,因为要摆脱一些因素的干扰:委托人、文体样式、风格选择、修辞技巧总是可让人事先便预料到,作品大致会是什么样子。文学注重真诚表达的新风气为天才不可预期的独特创作开辟了道路。在18世纪欧洲其他国家的文坛上,对语言自然性的要求替代了传统修辞术对效果的追求,这种新风气尤以在英国为盛,在法国和意大利则较弱。然而,没有任何一个国家的文人像德国哲学家和诗人一样,坚定而执著地将修辞术宣判了死刑。信仰、思想和创作对于真诚的律令，使得精心算计如何打动某些听众和读者的做法如同欺骗。克里斯蒂安·沃尔夫（Christian Wolff）哲学的真实性建立在对修辞法的弃绝上，他"不使用任何方法以语言争取读者。我手写我心，从不随波逐流，人云亦云；我说的每句话，都是我的思想表达的需要，只能用这些词来表达，找不到其他合适的字眼"。

要德国人放弃使用修辞术，不是件难事，因为修辞术从未在德国人那里发挥过什么重要的社会功能。在封建专制主义的邦国时代，很少有发表公开演说的机会。而在英国有议会，从 18世纪中期开始，议会上的演讲和辩论便会在报纸上登出，因此议员有必要在他的选民面前证明自己是位杰出的演讲者。在德国，只有布道坛上的牧师必须能说会道，且得顾及教育程度不高的听众的理解能力。而祷告作为新教信仰的核心仪式，不需要修辞术，因为上帝对于任何伪装洞若观火，只关注忏悔心灵的真实意图。

德国诗人甚至将"真诚"律令推广到了爱情文学上，这一领域自文艺复兴以来一直被夸张的修辞术所占据。奥维德的名言耳熟能详，所谓情场如战场，无计不施。至少所有语言修辞都可用在爱情——这一现代文学最受人喜爱的主题上。在爱情文学中，德语抒情诗通过对于修辞术的克服，找到了属于自己的独特腔调。约翰·克里斯蒂安·京特的诗歌《哀悼死去的爱人芙拉薇》（Auf den Tod seiner geliebten Flavie）表现出了与浮夸的修辞术的决裂：

> 没有罗盘，也没有北极星的航行。
>
> 没有……夸夸其谈的华丽辞藻又有何用？
>
> 我的心盛不下我的痛苦，世界多么狭小。

歌德的《五月歌》(Mailied)只需使用最简单的字眼，就将恋人之间爱情的绝对和真诚表露无遗(除了情色诗歌中的插科打诨，这种对彼此之间相互爱恋的描述在爱情诗中也并无先例)：

> 哦，姑娘，姑娘，
>
> 我多么爱你！
>
> 你眼睛明亮，
>
> 你多么爱我！

与古代欧洲诗歌中"远方的爱情"(amour de loin)不同，新的德语爱情诗描述的是一种亲近。这种亲近，不管是空间上还是心理上，只要发自真诚，就可以用诗歌的语言，甚至用喻象呈现，正如默里克在《马车上的清晨》(Früh im Wagen, 1846)中写道：

> 你的蓝眼睛，

> 一汪深邃的湖水，
>
> 伫立在我眼前。

用"深邃的湖水"比喻眼睛，既非来自传统，也非苦思冥想的结果。当人们靠近爱人时，爱人的形象占据了整个视野，她的蓝色瞳孔便成了一汪湖水。因此，默里克使用的新喻象是以身体和精神上的亲密体验为依据的，因而是真实的。而传统的修辞术则通过对贵族成员隆重又讲究的称呼，人为地制造了一种距离，他们虽然相互熟识，又似乎彼此陌生。市民社会中的文学表达以及现实交往方式不同于此：文字和书籍决定了新的文学组织形式，而这些文学媒介本有的疏离感却为文学想象出来的亲密所消除。这是一种来自远方却诉说着亲近的文学。文学中蕴含的真意，原本仅为知己密友所作。为了避免受到书业市场运作的摆布，一些诗人，如克洛卜施多克、青年歌德等人，最坚决的是布伦塔诺，很长一段时间拒绝将以手抄本形式流传在朋友圈子中的颂歌与诗歌交给书商付印。

里尔克发明了"世界内部空间"（Weltinnenraum）一词，似乎想要以此概括18世纪以来的德国文学。莱布尼茨的单子论告诉德国作家，只有理解世界的人，才能洞彻自己的内心。神秘主义者埃克哈特认为"内向"（inwendig）的认识正得益于这种能力，正如造物主内在具足，所造万物，无论天使、蚊虫、草茎、石头，皆出于本体。这种神秘的精神状态与"艺术家的神思"庶几相似,威廉·封·洪堡认为后者诞生于无,而不是产生自感官印象:它"不能从一些具体的东西中获得,而是产生于精神的一种纯粹能量,探其根本,便是来自于无,从产生的那刻起,它便有了生命,真实且永恒"。在文学中,尤其是在诗中(因此在德国,诗被认为是文学的典范),天使、蚊虫、草茎和石头似乎并非外在世界的组成部分,而是内在世界的映象。"哦,星辰和花朵,精神和长衫,/爱情,痛苦和时间和永恒!"在这里,星辰、花朵和长衫是实体,爱情、痛苦、时间是经验现象,精神和永恒是观念吗?和谐的音律与排列使得布伦塔诺诗中的这些词语成为了"世界内部空间"中的同类元素。

"内在"(Innen)用于人身上,用来描述那些难以被定义、更难以被否认的力量、经历和灵魂震动,或者18世纪所谓情绪、心灵、情感的震动,也就是外部世界无法直接发现和把握,却可以通过内在体验获得的一种能力。"内在"是一空间隐喻,用以比喻"皮囊"下的动静,倒也不失妥帖。人们对心理活动的设想不可避免地走向了空间化,由此得到了更为强调空间隐蔽性的一个喻象——"深度"(Tiefe)。"永恒德意志精神"后来的代言人骄傲地将之宣称为德意志艺术的民族标志,甚至扩展为全体德意志人民的象征。1945年之后,"深度"被认为是非理性意识形态中的一部分,导致了德意志民族意识的畸形发展。今天,"德意志深度"成为空洞的陈词滥调而遭到摒弃,最多作为刻板印象被提及。也许,历史的洞见能澄清这一臭名昭著的概念。

特奥多·茨尔科夫斯基（Theodor Ziolkowsik）关于德国浪漫主义的专著中有一章题为"矿山：灵魂的图像"，晦暗不明的"深度"喻象有了明确的现实指向。18世纪，在自然科学领域，唯一由德国学者占据领先地位的是地理学，地理学成就最大的学者亚伯拉罕·戈特洛勃·维尔纳（Abraham Gottlob Werner）于1775年至1817年在弗赖贝格的萨克森矿业学院任教，诺瓦利斯在小说《海因里希·封·奥夫特丁根》（*Heinrich von Ofterdingen*）中为他竖立了一座丰碑，他便是小说中老矿工的原型。茨尔科夫斯基指出，有多名德国作家学习过采矿学，或从事与之相关的职业，例如诺瓦利斯、艾兴多夫、布伦塔诺、歌德、亚历山大·封·洪堡。1800年前后，探访矿山简直成了知识分子必修的功课。对于其他国家文学而言无足轻重的采矿题材，出现在了阿尔尼姆、黑贝尔、让·保尔、E. T. A.霍夫曼、蒂克的笔下，直到20世纪，依然有里尔克、卡夫卡、黑塞、穆齐尔、布洛赫、霍夫曼斯塔尔和托马斯·曼以矿山为主题进行创作。矿山的浪漫主义探访者并不"仅仅将它视为地底下一个冰冷阴暗的洞；这是一个充满活力、生机勃勃的地方，人类潜入矿山，有如探索自己的灵魂，在三个本质层面上遭遇了人类的经验：历史、宗教和性欲"。

矿山既是商业与科研的场所，也是文学的喻象，是德国浪漫派诗人刻意选择的一个文化象征，用一种空间图像的方式呈现的表达美学："人类未知之物/或未经思考之物，/走过内心的迷宫/在黑夜里变幻"——诗人作为灵魂矿藏的开采者,从灵魂深处挖掘出的一块闪亮的金属,便是人类内心模糊却又可感的朦胧之物。所得之物不可预测、不可穷尽,因为发掘自特殊的矿床,这恰好与新的文学方式相契合,新文学不再套用惯用的情绪、词语和主题,而是源自个体内心,其中蕴含着尚待破解的深意。以前的文学库存中不会出现歌德《学徒时代》(*Wilhelm Meisters Lehrjahre*)中迷娘这样的人物,也不会采用克莱斯特《O伯爵夫人》(*Die Marquise von O...*)的情节……没有一本文学素材和文学人物辞典会帮助读者理解这些新出现的人物与情节,他更应倾听自己内心深处不可言说的、阴暗而又隐秘不安的愿望与恐惧。卡尔·菲利普·莫里茨就已将对于灵魂深渊的探索与地心探秘作比:人类莽撞的双足已经踏入深深的地井,而我们的思考难道不该勇于潜入自我内心的"深处"?

从地质变化留下的痕迹解密自然史的地理学方法,在19世纪也被用于人类文化史的考古研究上。卡尔·奥特弗里德·米勒(Karl Ottfried Müller)和海因里希·施里曼(Heinrich Schliemann)勘察发掘的遗址同时也是文化的宝藏:在千年的沉积物下沉睡着的是人类文化的早期历史,有待从中发掘出湮没无闻的文物和艺术品。西格蒙特·弗洛伊德(Sigmund Freud)为考古学所吸引,借鉴其方法而发展出了精神分析法:他在个人发展早期,即人类的童年中,发现了个体成年后被压抑于潜意识中的原初场景(Urszene)。卡尔·古斯塔夫·荣格(Carl Gustav

Jung)将这种对于个体与集体原初意识的考古发掘命名为"深层心理学"。地理学、考古学和心理分析在18至20世纪最重要的推动和进步都来自德国和奥地利学者的贡献，这三门学科皆致力于对"深处"的阐释，也证明了其思维方式源自一处，它们的研究直抵地面、土层堆积和皮肤表层掩盖下的最深处。唯有追溯到源头，才能从掩埋它的历史堆积中，理解当下的处境。

尽管这三门探索"深处"的学科宣称遵循的是自然科学所要求的精确，它们依然属于实用诠释学的范畴。地球、人类以及个人历史的时间维度虽然迥异，但是地理学、考古学和心理分析所从事的都是重构历史的工作，都首先需要具有解读史料的能力。在这个意义上，它们都源出于18世纪形成的德国诠释学传统，从埃内斯蒂、克拉德尼、阿斯特到施莱尔马赫①，诠释学的研究范畴从释经学转移到了对世俗文本的历史审美解读。修辞术衰落之时，便是诠释学兴起之日。理解，即从历史的原始语境中解读能指，它试图把握语音所表达的意义，但语音仅仅是承载意义的媒介。理解试图穿透语言表层抵达深处，文学创作的过程则反其道而行之，从灵魂深处浮现于语言表面。莱辛将诗人从规

---

① 埃内斯蒂（Johann Christian Ernesti，1756—1802）、克拉德尼（Johann Martin Chladeni，1710—1759）、阿斯特（Friedrich Ast，1771—1841）和施莱尔马赫（Friedrich Schleiermacher，1768—1834）是德国诠释学发展中里程碑式的人物。

则的禁锢中解缚，因为指引和启发诗人的是"完全不同的东西，更为直接、深刻、阴暗和准确"。若人们遵循"深刻"和"阴暗"的本意，这些"东西"只能在"深处"寻得，而进入"深处"正是 18 世纪文学启示与科学祛魅努力的方向。在英国，特别是经由沙夫茨伯里①的影响而发展出来的天才观念和宗教热忱轻而易举地在德国生根，因为将文学作品解读为神启的产物，是德国人熟悉的宗教解读模式，可用空间喻象作比：一种更高的观念进入诗人的内心，又重新由内至外，生成为文学语言，而语言的独特性证明了其神性起源。

如果某种语言表述的语法和逻辑前后矛盾，而这种错误产生于"无意识或者隐秘的体验"，这种语言表达便可称为有"深度"。通过比较 1750 年前后的德国戏剧，戈特弗里德·蔡西希（Gottfried Zeißig）发现了这种"不可餍足"的表达方式。在戈特舍德的剧本《濒死的卡托》（*Sterbender Cato*）中，现代读者惊奇地发现，即便是在极端情况下，例如面对死亡时，剧中人物也依然口若悬河，不会失去"绝对的轻松"。说话人从未因表达而苦恼，也从不因为激动而失语。伦茨的《家庭教师》（*Hofmeister*）剧中父亲的言谈方式就大为不同了，当他在池塘前，劝说被家庭

---

① 沙夫茨伯里（Anthony Earl of Shaftesbury，1671—1713），英国哲学家，他的自然神论观念受到新柏拉图主义的影响，进而影响了赫尔德、歌德、席勒和康德。

教师引诱而离家出走的女儿打消自杀的念头时，说道："孩子——我当然也得和你一起去池子里（向她的方向走去）——但我想，我们应该先学会游泳，然后再跳下河。——（将她搂入怀中）哦，我最最亲爱的宝贝，我终于又可以抱着你了，天杀的小坏蛋！（将她背走。）"如此前后矛盾，如此不合时宜，但又如此自然，一个痛苦又不失幽默感的父亲形象跃然纸上，愤怒的言行举止掩饰不了那颗被忧虑、怒火和幸福紧紧抓住的慈父之心。克莱斯特在剧作中描写人物言不由衷、欲言又止的情态，其手法已臻化境，《安菲特律翁》（*Amphytryon*）中阿卡门娜著名的"啊哈"便是其最简洁的形式。

刻意的含混和残缺，直指先于语言的灵魂状态，这种风格既非局限于某个文学体裁中，也并不仅仅在某个德国文学史阶段中出现。赫尔德和他的追随者将民歌中的留白，所谓"跳跃"（Sprünge），解读为灵魂之谜无言的表达。自歌德以后，德国抒情诗便效仿民歌中的留白，以传达无法言传的、没有界限的个人体验。克莱斯特的戏剧从言语和行动的对立中发展而来，这是一种表达明了却又意义模糊的语言与如梦如幻却又充满预感的行动之间的对立。早在莱辛的《萨拉·萨姆逊小姐》（*Miss Sara Sampson*）和《米娜·封·巴尔海姆》（*Minna von Barnhelm*）中，德国悲喜剧这一基本特征就已经显现出来。自蒂克的《金发埃克伯特》（*Der blonder Eckbert*）之后，奇闻异事成了浪漫主义志异小说（Novelle）偏爱的题材。即便是在乐于将所有秘密和盘托出的长篇小说（Roman）中，歌德笔下的迷娘和奥蒂莉、让·保尔笔下的薛珀、凯勒笔下的迪特也是充满神秘色彩的人物。甚至文论家的论述，从哈曼到弗里德里希·施莱格尔，再到本雅明，也使用一种文学语言，试图以神秘的暗示，昭显隐藏于寥寥数语之后更多未及言说的意义。

现代主义伊始，对于言不及意的重新关注，是作为语言怀疑和语言危机出现的。如果霍夫曼斯塔尔《信》（Brief）中的钱铎斯爵士因为怀疑语言的传统意义而沉默，转而寻找一种新的表达方式，"其中有沉默之物向我开口说话"，那么，比霍夫曼斯塔尔早一百多年的作家们也会同意对于传统语言的怀疑，更会同意对于一种终末的真实语言的神秘期待。同样，霍夫曼斯塔尔的喜剧《难以相处的人》（Der Schwierige）的主人公——毕尔伯爵，将内心严肃的真理隐藏于套话、沉默和暗示之后，正是伦茨、歌德、克莱斯特和毕希纳剧中人物的后裔，延续着他们对真实有效的语言表达的质疑和绝望。德意志作家与他们笔下的人物在一点上相似，即他们都缺少可以依赖的成熟的文学语言，而17世纪后的法国已经有纯熟的文学语言，德意志作家则必须首先发明一种新的语言。

第三节　文学不朽

随着宗教语言进入文学作品，德语文学开始迅猛发展，这一上升的过程最终以艺术战胜宗教而终结。18 世纪的德语文学语言源出于基督教，为了彰显文学语言的独立性，当时的文人愈来愈倾向于将具有基督教色彩的文字和想象隐藏于希腊神话的意象之后。这么做的优点在于，现代作家及他们的读者不必信仰基督教，也无需承担道德责任或者遵守仪式规则，却依然可以使用超越日常经验的形而上话语，给出关于感性生命力量与理性生活问题的启示。在 18、19 世纪的欧洲，没有哪个国家如同德国一样，对于古典文明抱有如此大的热情，因为在德国学者那里，古典文明取代了宗教信仰。他们在文学中听到和读到的，如同以往在布道词中听到和读到的一样，都是原属宗教机构管辖的终末之事。在那个时代，"永生"可以如此轻易被许诺，且不需要任何人提供担保！"永生"在私人谈话中也是司空见惯："我们的爱情，"夏洛特·封·卡布（Charlotte von Kalb）向她的爱人席勒承诺，"是我们灵魂的特征，除非灵魂死亡，除非海枯石烂，爱情才会消逝！我们信仰永生，我们便拥有希望！"

蒂德格（Tiedge）①的六首"歌体抒情教育诗"《乌拉尼娅——关于神、永生和自由》（Urania. Über Gott, Unsterblichkeit und Freiheit）是 1800 年前后德意志最流行的作品之一。以往的基督教神学家必须努力从《圣经》启示中为玄学寻找依据，而在这

---

① 蒂德格（Christoph August Tiedge，1752—1841），德国诗人。《乌拉尼娅》是他最著名的作品，其中《致希望》一诗由贝多芬谱曲。

部诗作中,乌拉尼娅,古希腊神话中司掌天文的缪斯,成了形而上学的庇护神。在第四首诗的末尾,蒂德格为笛卡尔的名言"我思故我在"添上了未来的维度,没花什么力气就为自我的不朽找到了根据:

> 我将永生,因为我现在活着。响起吧,凯旋之歌!
>
> 　　让那歌声响彻无穷,
>
> 　　从那无尽之处回荡!
>
> 　　凯旋! 我现在活着;因此我将永生!
>
> 　　永生,威严升腾的精神
>
> 　　飞达你更为光明灿烂的王国。
>
> 　　远方那人影劳碌争忙之处,
>
> 　　暴风雨渐渐消逝在稀疏的丛林。

"我现在活着;因此我将永生!"这样的断语,完全与事实和逻辑不符,当"凯旋之歌"奏响之时,情感高亢的诗文显示出一种迷狂的状态:在这种状态下,平素不合常理之处,皆情有可原。今天,比蒂德格的诗更有名的是克莱斯特的剧作《弗里德里希·封·洪堡王子》(*Friedrich von Homburg*),王子在行刑前被赦免了死刑,百感交集中他说道:

> 哦,永生,你是完全属于我的!

> 我双目被蒙，可你透过遮眼布照耀着我，
>
> 那光辉有如一千个太阳！
>
> 我的双肩长出了翅膀，
>
> 我的精神在宁静的太空中遨游，
>
> 就像那船儿，被风吹动；
>
> 看着热闹的海港逐渐沉沦，
>
> 所有的生命犹如夕阳西下：
>
> 眼下我辨别出了颜色和形状，
>
> 眼下莽莽大雾皆沉入我脚下。

毫无疑问，克莱斯特的诗句要比蒂德格美妙得多，但在本质上并未有所增益，而且结构上相似——超凡的真理昭显，世俗凡物消失在"空洞的假象"中。王子从哪里突然得到了自信，他将永生？他仅仅是宣称占有了不朽。如不细究，便可以说是慷慨激昂的语气成就了他的不朽。克莱斯特剧中主人公走的是席勒诗歌《理想与生活》(Das Ideal und das Leben)中大力神海格立斯的道路：他容光焕发，从尘世的劳顿中解脱，向永生的天界飘去。

> 他满怀喜悦，飞上天去，
>
> 开始这不同寻常的崭新飞翔，
>
> 尘世沉重的梦幻图像坠落、坠落、坠落。
>
> 奥林匹斯山上的和谐之神

> 在克罗诺斯之子①的大殿中接见这悟道者，
> 玫瑰脸颊的女神浅笑盈盈
> 将酒杯端上前去。

在18世纪的德意志文学中，得道升天的人物可不少。就连歌德笔下的人物，从伽尼默德到甘泪卿，从人造小人到欧福里翁和浮士德，最后，都飞入或飘入了剧作家呈现出来的天界，尽管他们的人生轨迹并未与尘世间五光十色的生活绝缘。当然，德国文学史上最繁盛时期的作品倒并不全都是悟道飞升，主人公也并不全都进入了一个更高的世界。但这是那个时代文学的内在标准，适用于所有异彩纷呈而又老练精到的叙事，不管是描写尘世的欢乐和痛苦，还是叙述悲惨的情节和滑稽的反抗，抑或是刻画幼稚和复杂的灵魂图景。

诗人笔下的不朽，是由希腊神话、基督教信仰、哲学假设和个人愿望组合而成的一个文学设想，是矛盾的均衡体。在这个时期，人们尤其推崇希腊神话与艺术，因为它们在问题以及随之而来的疑问产生之前，便给出了现代社会无法给出的答案（这种对于神性肉身的天真信仰，荷尔德林称之为"对不朽的召唤和对英雄的膜拜"）。在希腊神话中，众神将英雄变为星辰，使之永生，歌德则希望至少在活着的时候能够享受到这种待遇：他被加

---

① 即宙斯，众神之神。

封为贵族之后，为自己挑选了蓝底金星的族徽，最喜欢穿着镶有硕大星徽的蓝色长袍让人画像。他对爱克曼解释说："我之所以坚信生命将会不朽，是因为我认识到了行动的意义；只要我工作到生命的最后一刻，当那时生命的存在方式无法再承载精神时，大自然便有义务，使我的精神以另外一种方式存在。"歌德此言可谓狂妄，将本不属于大自然的义务强加于它，和蒂德格的凯旋之歌类似，其逻辑同样经不起细究。歌德将"自然"推到了上帝的位置。只有上帝有能力，而非"有义务"，为自己所偏爱的生命法外开恩，取消由他设定的自然法则。狂飙突进运动以及浪漫派诗学和纲领中充满了对于"自然"的召唤。然而，他们的自然并非感官可感和可以进行科学分析的自然，而是上帝的现代名讳。自然必应具有上帝之力，以成就诗人归于它的荣耀。自然既然被赋予了上帝的诸多特征，自然的崇拜者便既可在尘世中找到归属，也可以选择超然物外，也就是说，人们可以根据情况决定，是将基督徒的上帝抛在脑后，还是重新把上帝捧上神坛。

宗教和形而上学原属基督教范畴，一旦将两者分离，将它们的基督教根基消解，仅将其观念纳入自己的范畴，艺术便成了基督教和形而上学唯一的寓身之所。观念论的艺术概念，不再是将观念外显于形，而是内化于心，这深深影响了在歌德身边成长起来的叔本华。19世纪的形而上学仅局限于美学，这种局限性使得艺术家的沉迷和观念的深入成为可能，当然，音乐领域较之文学领域中更容易发生这种情形。而在18世纪，人们尚且不敢将"上帝、永生和自由"称为审美幻象。在关于最高理念的模糊言说中，对于基督教前历史的记忆和摆脱，与对宏大观念的激情崇拜融为一体，升华为一种观念，而审美的迷狂并非是其最终目的。

席勒以古典艺术为宗旨，认识到"使人高贵"是古典艺术的内在目的所在："在古典艺术中，人类达到了前所未有的高度，几乎非人力所能，这也证明了，未来的人类还有提升的空间。"这一"提升"也许会在升入天堂的那一刻实现，只要基督教的承诺并非是一句空话，或者发生在更美好的未来，只要启蒙的乌托邦和法国大革命的美好前景没有断送在极权恐怖统治中。毫无疑问，这种"提升"也发生在伟大艺术品塑造的理想的人体之美中。也就是说，艺术家在此岸世界建造了一个彼岸世界。让·保尔的感伤小说塑造了真实而又理想的"高贵人类"，他们生活在人间，却不食人间烟火；同时，拜作家嬉笑怒骂的才能所赐，人间还布满了滑稽可笑的讽刺人物。一个"更高层次的人"是那些认为"我们的生活只是镜像，比他自己和死亡渺小"的人。不仅在虚构小说中，而且在真实生活中，对绝对价值的信仰，总以自我存在的毁灭为代价。在荷尔德林和克莱斯特的人生故事中，源自哲学、在文学中获得升华的理想主义竟都成了"死亡之疾"，恰似让·保尔笔下乔诺策的气球旅行，又与托名为中世纪圣方济各修士、圣徒博纳温图拉而作的《守夜》(*Nachtwachen des*

Bonaventura)[①]如出一辙。

诸如"不朽""神性""神圣""高尚""陶醉""启示""真理""内心最深处"之类的词语被过度使用,这些用以表达情绪的形容词和名词最高级,激励人们付出最大的努力。而恰恰是文学不切实际的企图——通过文学开启本质观念王国的大门,拓展了文学创作的范围,提升了文学创作的质量。只有通过持续不断的设计、写作、演说,以及对文学的阅读和阐释,这种"洁净脱俗"的狂喜状态才能持久。年刊文集、日历故事、名言集锦、歌谣、纪念碑文和墓志铭正是不朽诗文的镜像,反映出生活的常态。荷尔德林曾经呼吁让文学进入生活,日常生活中的文学之用不免无聊,对于普通德国市民文化而言,它们却足以令人满意。灵魂出窍的狂喜状态转瞬即逝,于是,诗人的追随者,以及后来出现的诗人协会,有组织地维护他们的诗人英雄荣耀长存。18 世纪,是克洛卜施多克接受膜拜的世纪;19 世纪,让·保尔和席勒成了民族诗人;20 世纪,轮到歌德和荷尔德林领受香火。历史常常开倒车:从宗教束缚中解放出来的诗人被他们的读者重又推

---

① 《守夜》发表于 1804 年,为奥古斯特·克林格曼(August Klingemann,1777—1831)托名"博纳温图拉"所作的一部奇书,由 16 篇守夜记录组成,集合了浪漫主义的奇诡想象以及对功利主义的批评。

上神坛,成了诗教教主。灵智学[①]把歌德的作品当作世界观来看,从中可读出救世学说、教育理念和处世良方。诗人对后世的深远影响要归功于他们虔诚的追随者,却不能掩盖文学理想主义的历史局限性。德意志文学史上这一前所未有的高潮只持续了很短的时间,因为它的出现是建立在对文学领域的过度拓展和过度拔高上的。

非理性的拔高带来的狂喜状态终归要受到理性的质疑,人们试图为这种状态找到更为坚实的依据。在古典文明的艺术中,人们重新发现了目标,古典艺术超越了时间,留在后世的记忆中。古典文明既是现实的,又是出世的;既出自人类之手,又是众神之像;既是历史的,又是当下的。源自古罗马的传统观念不再是主导,取而代之的是古典文明发端之初的古希腊文明。穿越千年,迟到的德意志文学相信在古希腊,在最古老的艺术和文学中,找到了自己的先祖。因此,古典艺术史研究的奠基人温克尔曼,同时也被尊为德意志文学的开创者。在描述古希腊雕像及其所具有的醍醐灌顶之功时,借用了虔敬派的词汇,从而将感性的触动与超验的意义结合在了一起,并为德意志艺术激情

---

① 灵智学(Anthroposophie)认为人类智能可以达到灵界的一种哲学,由奥地利哲学家和教育学家鲁道夫·斯坦纳(Rudolf Steiner,1861—1925)提出,他认为只有人的内在灵智才能充分认识灵界,必须培养不依靠感觉的灵性感知力。灵智学受到了歌德世界观的影响,设立在瑞士多尔纳赫的灵智学会总部被命名为歌德殿。

洋溢的宗教和审美情绪找到了一种恰当的语言。在一封从罗马发出的信（致威廉·师拓施［Wilhelm Stosch］，1757年8月）中，温克尔曼用这样一种语调来描述美景宫的阿波罗神像："一看到这宛若奇迹的艺术品，我就忘记了周围的一切，下意识地端正仪容，庄严以观之，仿佛看见我的心被先知之灵鼓动，被敬慕之情充满，舒张、飞升。我飞往提洛斯岛，来到吕锡亚的林苑，阿波罗的到来曾使这里蓬荜生辉；因为这尊阿波罗像栩栩如生，宛若真人，如同皮格马利翁的美人。"这种语言风格后来也出现在他的名著《古代艺术史》（*Geschichte der Kunst des Altertums*）中，只是由于史学著作要求的学术性而略显拘谨。

在《意大利游记》（*Italienische Reise*）中，歌德将与意大利和古典艺术的相遇称为自己的"重生"。"重生"在虔敬派的语汇中意味着基督教意义上的幡然醒悟。18世纪对于古典文明的崇拜带有宗教狂热；到了19世纪，古典文明又通过人文主义文理中学的普及推广成为所有受过教育者的信仰。温克尔曼、海恩泽（Heinse）①和歌德将宗教仪式与情色题材结合起来，市民生活中不为宗教道德所容之物，比如对于裸体和感官享受的描写，在古典艺术中升华为人生理想，这样的人生理想体现在古希腊

---

① 海恩泽（Wilhelm Heinse，1746—1803），德国小说家、文艺评论家，对浪漫派产生了强烈影响，代表作小说《阿丁海洛与幸福岛》歌颂情欲和唯美生活，是浪漫派"艺术家小说"的先驱，另有音乐评论和美术评论传世。

雕像和《罗马哀歌》①中。在浪漫主义保守派眼中,艺术宗教成
了既无道德操守、又无宗教信仰的新异端,出于恐慌,他们力主
回归基督教传统,让·保尔的小说《泰坦神族》(*Titan*)便以此为
题材。为了与古典艺术的审美诱惑抗衡,浪漫主义者不得不将
基督教审美化,如诺瓦利斯在《基督徒世界或曰欧罗巴》(*Die
Christenheit oder Europa*)中所做的那样。较之新教的禁欲主
义,天主教艺术和祭仪更容易达到这个目的。于是,原本是新教
出身的浪漫派与天主教逐渐走到了一起。古典主义与浪漫主义
的艺术观念之争似乎是德意志大地上当年信仰之争温和的美学
翻版。

复古主义者伤感地认为,古典艺术达到了最高的艺术成就,
现代人再无可能企及,只有投之以最崇高的尊敬和仰慕的目光。
因此,对于艺术的深刻观察和理解便也逐渐自成体系,也就是
说,成为一种被动型的创作。温克尔曼认为他"描写美景宫阿波
罗神像所要花费的精力几乎与创作一首英雄史诗一样多"。所
有伟大的艺术和文学作品,包括现代艺术,都需要艺术家付出同
样多的努力。因此,自18世纪中期起,伴随着德意志文学产生
的是另外一种同等级别的艺术,即批评和阐释的艺术,也就是美

---

① 《罗马哀歌》(*Römische Elegien*),歌德所作诗集,收入24首诗歌,描述抒情主
人公在罗马的恋爱与生活经历,原名《罗马艳情诗》(Erotica Romana)。

学理论和历史语文学。考古学家温克尔曼、哲学家鲍姆嘉通①、古典语文学家海讷（Heyne）是这门艺术的创始者，他们最先开始对艺术和文学进行科学分析。从他们开始，德意志式的思辨型诗人形成了传统，从莱辛、席勒、让·保尔和耶拿浪漫派，到托马斯·曼、穆齐尔和布莱希特，他们将对文学的思考带入了文学创作中，如同弗里德里希·施莱格尔"渐进的总汇诗"（*Progressive Universalpoesie*）所要求的那样，他们的创作包含反讽式的反思。

在德国，对待艺术品合宜的态度是顶礼膜拜，这成了美学以及文学的教育目标。因此，瓦肯罗德和蒂克合作撰写了《一个热爱艺术的修士的内心倾诉》（*Herzensergießungen eines kunstliebenden Klosterbruders*），这个题目将"内心倾诉"这一新教虔敬派特有的行为方式放到了天主教的修道院中。在德国，艺术崇拜者们联合起来，形成了——用虔敬派的话说——一个"虚体的教会"。他们却迫切地想聚集在"实体的教堂"里举行他们共同的仪式：18 世纪，是在剧院中；19 世纪，又添上了音乐厅和博物馆。直到 18 世纪初，德国戏剧还缺少一个固定的舞台，戏剧上演的场所是在教堂前的广场、客栈、年度集市或在学校中。建立民族剧院的愿望成了 18 世纪戏剧评论的中心，也成了当时小说

---

① 鲍姆嘉通（Alexander Gottlieb Baumgarten，1714—1762），德国哲学家和教育家，代表作《美学》讨论艺术和美，使"美学"成为哲学研究中的一个独立学科。

中最重要的主题。也就是说，要在德国的大地上建立起一座剧院，拥有完整的德语戏剧剧目、训练有素的演员、懂得欣赏的观众。新创作的德语戏剧迭出不穷，这也证明了，在德国建立民族剧院的愿望是合理的。而当时在其他欧洲国家中，有抱负的文人已经不再撰写剧本，戏剧作家为了满足都市居民消遣的需要，也愈来愈受到商业利益的驱使。

在封建时代，展示视觉和听觉艺术的博物馆、话剧院、歌剧厅、音乐厅属于宫廷特权专享，德国市民禁止入内。等级禁锢取消之后，从18世纪到20世纪末，这些艺术机构被大量新建，不再由贵族掌管，以至于今天德国境内的歌剧厅数量比世界其他地方的歌剧厅加起来还多，话剧院的数量也超过了其他任何一个国家。更为引人注目的是在这些场所中观众的举止行为，德国话剧院和音乐厅的外国客人会为观众的准时、隆重的着装、静穆和热情的举止所震动。德国观众对世俗演出的虔诚有如参加一次宗教礼拜。直到今天，德国市民文化的宗教起源依然在发生影响。之所以德国观众在欣赏艺术时表现得如此隆重和投入，其原因在于，观众试图以身体和肉体的禁欲，来抵抗图像、音乐、服饰、姿态、舞台上身体的魔力和诱惑。只有这样隆重端庄的观赏仪止，才能使艺术的精神内涵超越其感性形式凸现出来。

与西方世界的其他国家不同，这些耗资巨大的艺术机构在德国由政府资助，因此大大减轻了盈利的压力，它们只需按照其理念直接且仅仅为艺术服务。在很长一段时间内，德国的市民社会放弃了通过民主机制获取政治权益的抱负,他们满足于文化的形式,以近乎宗教的热忱,希望从文化中获得超凡脱俗,也即超脱于政治的启示。然而,当这种动机不复存在之后,这种现象依然在持续。到了 20 世纪,德国已经成为一个民主国家,德国的话剧院和音乐厅无论在数量和质量上还是在受欢迎程度上,都一如往昔。今天,戏剧舞台对于文学记忆的保留具有更为重要的功能:自从德国经典文学的读者渐趋稀少,甚至连中学也开始放弃经典文学,剧院就成了唯一的场所,可以让文学作为公共事件重新进入今人的视域。

从德国人在剧场中的表现就可以清晰地看到,剧院并非娱乐场所。娱乐,那不过是文学速朽的肉身,片刻的享受之后便烟消云散。没有精神的支撑,不会带来情感的升华,也不会在记忆中留下痕迹。相反,严肃艺术的呈现同时也是一种仪式,体现在其外在的规则和内在的专注上,在尘世中获得不朽的奥秘便在于此。即便欣赏艺术的人在可疑的地点,因为可疑的书籍而受到道德和宗教上的指责,艺术的崇高观念及其外在的仪式感是不容置疑的反驳。直到 18 世纪,基督教布道书依然激烈地反对艺术享受,尤其反对看戏和读小说。哥特哈德·海德格尔(Gotthard Heidegger),瑞士的新教牧师,在 1698 年出版的檄文《志怪谈》(*Mythoscopia romantica*)①中,反对阅读爱情和冒险小说,认为阅读这些书籍"一定会造成良心、灵魂和道德的损坏"。在 18 世纪,最初的道德指责逐渐变成了只针对单纯的消遣文学。要想经得起批评,德意志小说(虽然比其他地方出现得要晚,数量也少)就得郑重考虑小说的教育功用及其艺术形式。所谓的"修身小说"(Bildungsroman)因为满足了这一要求而赢得德国批评界的认可。在长长的修身小说名单上,维兰德的《阿迦通》(*Agathon*)排在第一位。书籍出版后,莱辛立即大加赞赏:"对于思考的大脑而言,这是第一部和唯一一部符合古典趣味的小说。为什么要称之为'小说'? 我们给它这个名号,也许仅仅是为了多招徕几个读者。"德国小说很少描写人物所处的社会环境,也几乎不关心那些爱幻想甚于爱思考的读者的心理需要。与后来的修身小说一样,《阿迦通》得到的赞扬要比读者多。那时候,谁要是想读消遣小说,还得去找法国的进口货(就像今天我们宁可去读英美小说一样)。

　　文学缺乏娱乐性是德意志作家刻意为之,这也许是一个优点,显然是它的特质,虽然这并不利于它在其他国家的传播。恰恰是最好的德国作家难以被他国读者接受,这在文化交流中可是件倒霉事,而擅长写惊心动魄故事的 E. T. A. 霍夫曼要讨读

———————————

① 原题全名为《志怪谈,或曰关于所谓小说的论说》(*Mythoscopia romantica o-der Discours von den so benanten Romans*)。

者欢心却不费吹灰之力。如果把英法小说作为衡量的标准，那么德意志小说中缺少的东西很多：紧张的故事情节，鲜明的人物形象，时代和社会描写，最重要的是缺乏爱情故事。奇怪的是，古代文明之后文学尤为偏爱的爱情题材，在德国小说中却显得如此无关紧要。只有《维特》在欧洲大获成功，因为人们可以把它当作爱情小说来读。在教育小说中，虽然也有爱情故事出现，但仅仅是轻描淡写、匆匆提及。更重要的题材是童年回忆、与师友的交往、观念的阐析、艺术品的欣赏、场景的描写、孤独的状态、人生阶段的转变（对女性的爱慕也是其中一个人生阶段的特征）。在一些小说中，比如在施蒂弗特的笔下，详细的风景描写所占的比例要远远大于羞涩隐晦的爱情故事。对此，哥特哈德·海德格尔牧师应该不会挑出什么毛病来。

对所谓"有伤风化"的情节情有独钟的读者，很快就会被德意志小说中的叙述者或他的谈话伙伴长篇大论又离题万丈的哲学演讲吓跑，这是特意为"思考的脑袋"准备的。维兰德的《阿迦通》是这种文风的始作俑者，类似《阿迦通》中主人公与哲学家希皮亚斯的对话，后来也出现在歌德的《威廉·迈斯特》、弗里德里希·施莱格尔的《路青德》（*Lucinde*）中，并在托马斯·曼的《魔山》、穆齐尔的《没有个性的人》和布洛赫的《维吉尔之死》中获得了延续。自18世纪起，哲学占领了小说中原属于神学的领地。莱布尼茨、沃尔夫、康德、费希特、谢林、黑格尔关于世界中个体的可能性以及界限的论说，在德国小说中留下了痕迹。非常德国化的思辨诗、观念戏剧和教育小说都得到了哲学的荫护，从而将一种本不属于文学的严谨带入了文学。这种富有哲学思辨力且被哲学家所认同的文学特有的严谨，具有化敌为友的功用，将神学要求的严肃也纳为己有。德国文学与哲学融为一体，摆脱了宗教的统治，获得了自律性。因此，德意志文学中言说的不朽是文学自身的不朽。

18世纪末的德国文学惊讶地意识到了自己地位的变化，变化是如何发生的，它并不想追根问底。如果那些骄傲的缪斯之子承认自己是背叛了家庭的牧师的儿子，那么这个国家里虔诚的卫道士——这样的人依然大有人在——会以占有他人财产为名告发他们。于是，诗人诉诸艺术自律，哲学家则鼎力相助，希望通过这强有力的宣言，驳去因其可疑的史前史而加诸其身的各种要求。因此，辛苦得来的文学自律被说成是早已有之且自发产生。"德意志的缪斯之花"，席勒写道，"并非盛开在公侯的恩宠之中"（在这一点上，他说得有理），"他（德意志诗人）自己创造了价值"，也就是否认了宗教观念和虔敬派语言模式对德语文学的影响；"他"的创作更多的是出于"自身的丰裕，/迸涌自心灵深处"。席勒自己也未察觉到，为了证明文学的自我生产能力，他使用了虔敬派的词汇："丰裕""心灵深处""迸涌"都属于虔敬派的惯用词汇。

自然、真挚、内向、寻根、表现力、拒绝修辞术，并非德国文学的专有属性，其他国家在18世纪时，也将这些概念宣称为文学中的主导观念，甚至时间上还常常早于德国，却不如在德国那样深入而纯粹。18世纪是德意志民族文学发展中最关键的阶段。对于这些观念的热衷在法国、英国、意大利只是昙花一现，因为这些国家原有的、已经成为经典的传统，中和、削弱了这股风潮的强度，而在德国，它却固化而成了德意志文化的本质特征。为了营造"德意志缪斯"的形象，必须将历史形成的某些特征塑造为横空出世的理想状态。当时便已开始的重构工作，在后来的文学史中被延续，后来的文学史家建构了18世纪末的"古典文学"时期，其基督教渊源被掩盖，事实上在基督教文化基础上建立起来的德意志民族文学大厦俨然自有根基。

作为文学史阶段的"古典文学"（Klassik）是一次成功的却非完美的建构。这个概念最先出现在19世纪出版的一些文学史中，包括从莱辛到歌德的德国文学史，为的是与其他民族文学抗衡。但是直到20世纪20年代，在文化保守主义者的推动下，这个文学史概念才被固定下来。德国的日耳曼学学者及其追随者称之为"古典文学"的阶段，被国际学界归入到德国浪漫主义文学（German romanticism）的框架中。德国文学史上从未出现过一个文学经典时期；而希腊、意大利、西班牙和法兰西的文学史上，都曾在一个较长的时期内出现过一批超群绝伦的作家，他们的创作遵循共同的诗学标准，获得了普遍的赞誉。魏玛古典文学的成就与它们不可同日而语。这个小公国曾经聚集了一些聪明的脑袋，其中有德意志最优秀的作家。魏玛宫廷在短短几年里,汇聚名流、招揽贤士,与法国和英国不同的是它的这一举动只是出于虚荣,文化从未成为德意志文化的社会基础。即便魏玛宫廷任命维兰德为太子师、歌德为首相、赫尔德为宫廷牧师、席勒为宫廷顾问——这些不过是假面舞会的装束而已,从未成为德意志的民族服装。

当然,歌德和席勒曾经以古典美学为榜样,拟定了美学章程;为了与竞争者争夺读者,他们写出了火药味甚浓的《赠辞》(*Xenien*)。在这里,古典文学只是发生在了两个人的眼皮底下。即便是这两位作家本人,在他们结盟的几年中创作的主要作品遵循的也并非古典主义诗学标准。席勒的《奥尔良的童贞女》(*Die Jungfrau von Orleans*)、《威廉·退尔》(*Wilhelm Tell*)和歌德的《浮士德》更具备浪漫主义而非古典主义戏剧的特征。歌德的小说《威廉·麦斯特的学习时代》(*Wilhelm Meisters Lehrjahre*,1795/96)被称为德国浪漫主义文学的开端,耶拿的一群知识分子,包括施莱格尔兄弟、诺瓦利斯和他们的女友,将歌德的这部作品解读为"浪漫主义"小说,为现代文学带来了"曙光"。歌德的经典化不是发生在公国首府魏玛,而是发生在大学城耶拿,也就是说,发生在一个典型的德国文化场所。人们出于民族自豪感竖立了一座以德国古典文学为名的丰碑,带来的不良后果是,人们对于德意志文学史的起源、特点和进程产生了错误的认识。

1800年前后出现的民族文学观,其政治依据来自于法国大革命中的"民族"概念。它排挤或是重构了德意志文学的宗教社会基础，并且由德国大学新设立的日耳曼学广泛传播。德意志应该与其他民族有着本质上的区分，尽管它的本质无法清晰界定。共同的日耳曼血缘、共同的语言和政治命运，不足以解释文学上的民族特征。路德维希·瓦赫勒（Ludwig Wachler）在《德意志文学史讲座》（*Vorlesungen über die Geschichte der teutschen Nationalliteratur*，1818/19）中宣称："德意志民族的独特性不可能单独由一个时代、一个部落或一种情况决定，即便其他异质成分掺入了其思想方式，融入其生命中，它依然无处不在、卓尔不群、万古长春、永葆卓越。""德意志民族特质"对文学的创作和接受不会有所助益，因为这类工作过于专业，需要专门知识和许多前提条件。而瓦赫勒寻找的德意志民族独特性似乎与具体的历史、地理和社会环境无关，因而必然是看不见摸不着的"德意志精神"——俨然一条变色龙。直到20世纪中期，所有德意志艺术的表现形式都可被解读为德意志精神的体现。永远的德意志文化——瓦赫勒及其继承者孜孜以求的对象，成为了一种规范：其本质虽被"他者"遮蔽，但未来将重新回到纯洁的状态中。由此，民族文学史成了民族主义的副产品。

　　没有"他者"，就不会有德意志文学的产生，源自古日耳曼异教传统的格言诗和英雄史诗早在中世纪便已失传，而来自地中海沿岸古代晚期的基督教传统塑造了德意志文学中最有生命力的部分。德意志文学从宗教型到诗意型的转变要归功于法国启蒙运动，归功于它偶然造成的一个副作用。在其他国家，文学很早便以令人印象深刻的方式促成了文化的进步，如果没有这些国家令人嫉妒的先例，德国知识界在法律或科学之外的语言表达便要局限于宗教忏悔，而不会有文学语言的产生。尽管奥皮茨和戈特舍德推荐的法国文学模式并不适合德国，无法终结德国文学落后的状态，他们还是成功地使德国人注意到了文学具有重要的社会功能，并激起了德国人的效仿之心。德国人只需找到更适合德国的榜样，博德默尔和莱辛发现了英国文学。对于18世纪的德国文学而言，没有一位德国作家的影响力可与莎士比亚、弥尔顿、班扬和斯特恩相媲美。歌德嗅到了同时代文学作品（他自己也不例外）中的虔诚气味，并为此感到难堪，于是作为某种意义上的祛魅者，他改拜外国作家为师，从荷马到拜伦都成为他的榜样。如果存在一种德国文学，那它应该不仅仅是德国的文学。奥古斯特·威廉·施莱格尔总结道："我们是欧洲文化中的世界公民。"此言不虚。

　　德意志文学在18世纪成了一种引人瞩目的现象，然而德意志文学的本质不是由"德意志本质"决定的，不同民族文化的交错融合对它的形成产生了深远的影响：基督徒的虔诚性、市民生活的真挚、哲学的启蒙、文学在艺术种类中的优先地位——这些渊源各自不同的思想在德国停留的时间较别处为长。到了18世纪，它们突然同时在德国出现、相互碰撞。无论是宗教、社会还是教育领域，在以往的历史发展中都不曾将德意志民族文学作为发展对象。而在 18 世纪，出现了一个恰当时机，它们的共同影响使得德意志民族文学横空出世。种族、民族、出身、语言、政治共同体——早期的日耳曼学试图用这些关键词构建德意志民族文学纲领。它的确是独特而又执拗的文学，但其中最有创造力的元素却付之阙如。

第三章 发展、复兴和终结

第一节 发展：19世纪

尼伯迦尔[①]的《结巴佬达特利西》(*Datterich*，1841)是一部用黑森地区达姆施塔特方言写成的地方滑稽戏，剧中主人公达特利西是个游手好闲之徒，整日泡在酒馆里，吹嘘自己结交的达官贵人和英雄事迹，为的是让好心肠的客人替他付酒资。他给一个不知其底细的手艺人讲了个求婚的段子："席勒说过，我也出生在阿卡狄亚！俺也嫩过，虽然俺长得不如您那样招人稀罕，姑娘们可也贼喜欢我。这事鬼都不知道，你得听好喽，可不能随

---

① 尼伯迦尔(Ernst Elias Niebergall，1815—1843)，黑森地区剧作家，代表作滑稽剧《达特利西》在黑森地区家喻户晓。"达特利西"在黑森方言中是结巴的意思。

便得瑟给旁人,那可太憋屈啦! 大哥你面子大,来瓶红酒俺俩整一下,我就白话给你听。"达特利西有个情敌是个伯爵,他打算找上门去决斗:"命算个啥呀,就爱咋咋地吧! 我自个儿就这么叨咕着,披上我的大黑斗篷,杀向那瘪犊子住的内旮瘩。"[①]达特利西满口方言,突然中间冒出一句标准德语,不过把天堂"阿尔卡狄亚"(Arkadia)说成了"阿卡狄亚",这出自席勒《断念》(Resignation)诗中的第一句"我也出生在阿尔卡狄亚",接着又用黑森方言引用了席勒《墨西拿的新娘》(Die Braut von Messina)中的最后一行:"最重要的不是命,最麻烦的是债。"内斯特罗伊[②]的喜剧《吉祥物》(Der Talisman,同样发表于 1841 年)中的主人公提图斯作为仆人,出现在一个女作家面前时,寻思道:"可不能寻常说话,每句话都得盛装打扮一番";于是他搜肠刮肚、字斟句酌,用名人语录装出一副高雅的腔调:"这是在下狩猎生涯的首份成果,敬请阁下享用。您眼前的这位先生,他的制服里包裹着的是一个尽管恪职尽守却尚需历练的个体。"

　　德国经典作家被广泛阅读、引用、模仿,乃至进入中学课本,至少其中部分段落在 19 世纪已经为人们耳熟能详。当然,诗意

---

① 感谢北京大学西葡语系闵雪飞老师提供东北方言译文。

② 内斯特罗伊(Johann Nepomuk Nestroy,1801—1862),统治 19 世纪中期维也纳通俗戏剧舞台的奥地利喜剧作家之一,也是一位杰出的性格演员,共创作了 50 个剧本,至今依然上演,代表作有《恶神流浪汉》(1833)、《他想给自己开个玩笑》(1844)。

的文学语言有时并不真正能够传情写意。当提图斯和达特利西寻章摘句时，人们有理由认为，他们刻意拔高了现实世界，或者说扭曲了真实。对待文学经典的方式既有亦步亦趋的虔诚模仿，也有嬉笑怒骂式的戏仿。到了 19 世纪末，这两种情形在拉伯和冯塔纳小说中也都存在，由此可见，文学经典在后经典时期作家心目中分量之重（在这里，"经典文学"是指从莱辛到晚期浪漫主义进入文学集体记忆的经典著作）。18 世纪德语文学对于 19 世纪的"赝品"（Epigone）（这是伊默尔曼①一部社会讽刺小说的题目）而言，实在是过于宏伟了。英雄时代的三流作家被人遗忘，而从历史中走出来的真正的英雄便益发光彩夺目，这要归功于对于经典著作的注疏编辑工作。一些生前受到冷遇的作家，如荷尔德林、诺瓦利斯和克莱斯特，在身后获得了应有的荣耀，他们那些散落在各处、尚未发表的文稿被后人收集并编纂出版。拉结·瓦恩哈根（Rahel Varnhagen）和贝蒂娜·布伦塔诺（Bettina Brentano）书信的出版将个人生活展现于世人面前，其丰富

---

① 伊默尔曼（Karl Leberecht Immermann, 1796—1840），德国小说家、剧作家。长篇小说《赝品》描绘了农业社会向工业社会的转变，既痛惜贵族的没落，又悲叹金钱崇拜和自由主义招致的危险。

性是年轻一代不可复制的。盖尔维诺斯、蒲如池或海特纳①编写的德国文学史从多个层面提升了早期德国文学的规模和意义。德国作家和读者首次以德语作家为师，不再效仿古希腊罗马、法国或英国作家。德国文坛上高大的丰碑投下的阴影笼罩了他们感恩而怯懦的继承者。

　　18 世纪德意志文学的诞生与宗教关系密切，两者既有着文学之内、也有着文学之外的关联。19 世纪德意志文学将刚刚过去的那个世纪当作一种宗教膜拜。凯勒笔下的绿衣亨利回想起自己的青年时代，想起了"与上帝和让·保尔的结盟，计·保尔占据了我心中父亲的位置"。亨利，还有他的作者，很快失去了对上帝的信仰，歌德顶替了让·保尔。作家笔下虚构出来的上帝属于过去，而作家永生。美国文论家哈罗德·布鲁姆在《影响的焦虑》中指出，浪漫主义以来的英国作家为了获得独立创作的勇气，否认自己的文学父执，否认前辈的影响。而在德国的情况恰恰相反，浪漫时期后的文人担心的倒并非是传统的延续，而是传统的式微。如同凯勒，施蒂弗特和拉伯的文学父执是让·保

---

① 这三位是 19 世纪德国杰出的文学史家：盖尔维诺斯（Georg Gottfried Gervi-nus，1805—1871）著有五卷本《德意志民族文学史》（1835—1842）；蒲如池（Robert Prutz，1806—1872）著有《德国戏剧史讲稿》（1847）、《德国当代文学》（1859）；海特纳（Hermann Hettner，1821—1882）的《18 世纪文学史》（1855—1870）论述范围包括 18 世纪英国、法国、德国文学。

尔和歌德,格吕尔帕策和黑贝尔的文学榜样是莱辛和席勒,格拉贝①和毕希纳以狂飙突进时期的剧作家为师,默里克师承歌德和维兰德,威廉·米勒和海涅则效仿布伦塔诺和艾兴多夫。

　　1815 年法国大革命和反法战争结束,1831 年和 1832 年黑格尔和歌德相继逝世。当时的人们意识到,前一辈人在智识上所达到的高度是他们无法企及的。文学创作在继续,但并未向前发展。当法国文学与古典主义传统决裂,巴尔扎克和福楼拜在小说中、波德莱尔和兰波在诗歌中探索丑陋大城市的荒芜之美时,德国作家依然无法舍弃伦理标准和审美理想,无法在写作中摆脱美化、神化和教化的愿望。直到 20 世纪,人们才意识到格奥尔格·毕希纳是 19 世纪作家中唯一的例外。文学由于自身传统的惯性,难以接受来自非传统文学领域,即来自政治、经济和学术领域的新主题。只有一些与传统融合、丧失锋芒的文学形式得以登堂入室,进入文学的殿堂:政治以激情洋溢的理想主义出现在"青年德意志"和"三月前派"的诗歌中(作为理想);经济出现在以传统工匠和老派商人生活为题材的滑稽小品中(即作为幽默);知识则以人们喜闻乐见的形式出现在历史小说中(作为教化)。最成功的文学是那些完全脱离现实社会的作

───────────

① 格拉贝(Christian Dietrich Grabbe,1801—1836),与毕希纳同时期的德国剧作家,在 20 世纪被自然主义和表现主义戏剧重新发现,因其剧中的民族主义观点受到纳粹政府的推崇。

品,比如默里克的诗歌和施蒂弗特的小说,在内心遗失的梦境、在孤独的旷野中,他们找到了文学不为人知的隐居之地。

随着文学作品数量的上升,文学质量下降的问题便愈发凸显。对于1830年前后德国文学的状况,沃尔夫冈·门泽尔(Wolfgang Menzel)在《德意志文学》(*Die deutsche Literatur*)中的评价最有名,受到的批评也最多。全书首章即以"文学的泛滥"为题,指出:"德国人干的事不多,写得却不少。如果下个世纪有人回顾今天的文坛,他见到的书似乎要比他见到的人还多。人们在时间隧道中徜徉,如同逡巡在书架之间。……在我们这个时代,羽毛笔既统治又服务,既劳作又酬劳,既战斗又滋养,既使人幸福又施以刑罚。"门泽尔本人即是文坛中新出现的职业经理人典型,集编辑、发行人、出版者、批评家于一身。一些出版社不断发展壮大成为出版巨头,如斯图加特的科塔出版社或莱比锡的布罗克豪斯出版社,它们旗下的报纸杂志和袖珍书系列使得作家可以获得丰厚的报酬。出版社扮演起了至今一直缺位的文学中枢的角色。威廉·豪夫(Wilhelm Hauff),科塔出版社的编辑、门泽尔的前任,指出了作家获得商业成功需要付出的代价,他个人亦从中获益:"作家将精力花在了为年鉴和杂志撰写的文稿上,可以得到更多的报酬;读者把他们的钱花到了文学奢侈品上,因为这已经成为时尚。"篇幅短小,适合在刊物上发表的文体尤其受到偏爱:志异小说、文艺评论、杂文——这都是德语文学应市场需求而生的新鲜体裁。文学的政治化,以其时效性、通俗易懂和传播迅速的特点为文学赢得了新的读者。文学成为最重要的交际手段,其魅力和普及程度亦得益于欧洲复辟时期的文学审查制度。这些从经营中获益的文学形式的美学水准介于高雅文学与消遣文学之间,歌德在 1820 年代便称之为"中等文学"(mittlere Literatur)。

阅读新出现的"中等文学"和高雅的文学经典的是同一批读者,现实和传统的巧妙均衡正是德国知识市民的精神特征,这个形成于 1800 年前后的新阶层直到 20 世纪中期,依然保持着一定的封闭性,主要由在国家机构中任职的知识分子组成。德意志帝国出于自身安危的考虑,对于官僚机构人员的组成进行了调整。帝国中诸侯林立,市民官僚知识分子也遍布全德。18 世纪末以来,进入士林的路径有了统一规定:由帝国统一监管的文理中学、中学毕业考试、大学教育取代了各地原本参差不齐的中学教育。要想成为政府官员、法官、牧师、教授、中学首席教师,获得稳定的职位和社会声望,就必须走这条读书进阶之路,而其中古典学和日耳曼文学是必修课程。新教知识分子阶层再次成为德语文学的社会基础,只是如今他们在大学里接受了人文主义教育,从事着世俗职业。但是,到了 19 世纪,这个阶层已经不复再有创造出新的文学语言的潜力,只是作为被动的文学接受者,在茶余饭后、工作之余,将文学经典作为"高于生活之物"膜拜和传承,宛如一种世俗的宗教仪式。源自 18 世纪的哲学和美学观念到了实用主义的 19 世纪,成为升华知识市民阶层人生意义的助燃剂,对大多数人来说,它们不过是佐证自己观点的套话,对少数人而言,则是须严格遵循的思想和行动指南。

因为担心文学经典的崇高地位受到动摇,知识市民阶层宁可支持文坛中的亦步亦趋者,也不愿与激进的文学试验发生什么瓜葛。为了迎合这种保守的趣味,德语文学在 19 世纪止步不前,只留下默里克、施蒂弗特和凯勒几部伤春悲秋、《晚夏》①式的作品,沉湎于无法复制的辉煌历史。怀旧成了作品的主题和风格,其中充斥着对以往幸福时光的怀念、老派的生活方式、潦倒的艺术家、过时的词汇、寡味的句子和怪异的幽默。当时的读者更为青睐那些用传统词汇传达政治乐观主义的作家,如乌兰德、奥尔巴赫②、弗莱塔格③,他们似乎以此证明古典和浪漫主义传统同样适用于现实话题。而维勃林格和格拉贝这类特立独行的作家,对知识市民的趣味不屑一顾,既不模仿经典作家,又不愿与沉溺于享受的时髦读物为伍,他们选择的是狂飙突进时期的经典戏目,披挂上了天才的装束。比如在毕希纳的剧作中,同时代人并未察觉到创作材料和形式的革命性。

---

① 长篇小说《晚夏》(*Nachsommer*)是施蒂弗特的代表作。

② 奥尔巴赫(Berthold Auerbach,1812—1882),德国作家,犹太人,代表作《黑森林的乡村故事》开创了"乡村文学"的传统,影响了托尔斯泰、屠格涅夫和巴尔扎克。

③ 弗莱塔格(Gustav Freytag,1816—1895),德国现实主义作家,代表作长篇小说《贷方和借方》展现了当时德国市民的生活。

1830 年,特奥多·蒙特(Theodor Mundt)撰写了一则关于歌德成长小说《威廉·麦斯特的漫游时代》的书评,旨在清算德意志文学史上的英雄时代。他指出歌德的错误在于"将整个世界视为创作者的附庸,而这些创作者也自认为有使命,凭一己之才对所处的时代实现精神上的大一统。因此,在刚刚过去的文学阶段中,出现了泰坦神族式翻天覆地的革命;因此,德国有如此多不幸的天才、普遍的绝望和常态的疯狂;因此,上世纪末出现了充满诗意精神、高视阔步的幻想家,欲与天公试比高。现在,这个动荡的贵族时代已经成为过去;今天的日常文学中,对文学的理解更符合共和精神,很少有哪一种文学势力独领风骚,文学创作呈现出多元均衡、愉悦平和的态势,旨在追求人类普遍的幸福和谐"。蒙特发现了上个世纪德意志文学宏大叙事内在的缺陷,这也是古典文学阶段转瞬即逝的原因所在。蒙特同样恰当地定位和刻画了后古典时期德意志文学的谦卑平和,但这并不意味着它们能够摆脱前一阶段文学史强大的文学记忆。

当时德国文坛对于古典文学亦步亦趋的模仿,体现在诗(Poesie)的地位高于文(Prosa)。此时的小说成了最受读者喜爱的文类,为了迎合读者的趣味,文学史多对小说浓墨重彩。因此冯塔纳,而且是小说家冯塔纳,并非诗人冯塔纳,成为唯一一位至今依然受到读者喜爱的 19 世纪德语作家。(即便在歌德的作品中,今天的读者最喜爱的也是小说,而在 19 世纪,歌德的小说远不如歌德的诗歌受人关注。)这个时期的英国、法国和俄罗斯早已是小说的天下,而在德国,即便是在叙事文学中,也是叙事诗独占鳌头。19 世纪下半叶,平庸通俗的叙事诗,特别是维克多·封·谢菲尔(Viktor von Scheffel)的《塞京根的小号手》(*Trompeter von Säckingen*,1854)和弗里德里希·威廉·韦伯(Friedrich Wilhelm Weber)的《十三棵椴树》(Dreizehnlinden,1878),其销量远远高于凯勒、拉伯或是冯塔纳的小说。自莱辛的《智者纳丹》以后,德语剧本也多用抑扬格写成,成为流行语的主要来源,押了韵的短句像俗语一样渗入了日常口语中。诗在读者眼里是高雅内容的保证,讲究的韵律形式自然会对内容有所要求。相反,不受格律约束的散文,不过是平常生活中的闲言碎语,怎能表达高明的内容?

诗歌的优势在于朗朗上口、便于记忆。如果为诗歌谱上曲,则更易流传。浪漫文学时期诗歌的精华便是以歌曲的形式保留在了 19、20 世纪的文学记忆中。1820 年后如雨后春笋般大量涌现的歌唱协会多从中选择演唱曲目;男女歌手的传唱使诗歌家喻户晓,甚至连学校也成为普及诗歌的场所,或许人们可以将这种现象称为孤独的社会化。浪漫主义诗人威廉·米勒《一位云游号手遗作中的诗歌》(*Gedichten aus den hinterlassenen Papieren eines reisenden Waldhornisten*,1824)题赠给"德国歌唱家卡尔·玛利亚·封·韦伯",在第二部分中,前半部分是为歌唱爱好者聚会谱写的欢乐的社交宴饮歌曲,后半部分是一位孤独行者的"冬之旅":"为何我总是避开/其他漫游人的道路,/穿过白雪覆盖的峰巅/将那隐蔽的小径寻觅?"对孤独的咏唱成了德国市民的集体认同:市民们熟悉这些离群索居、特立独行者的诗行,与它们产生了共鸣,觉得它们道出了内心最隐秘的真谛。

　　19世纪末的诗歌与19世纪初的诗歌听上去几乎没有不同。连后来的哲学家弗里德里希·尼采在写诗时,也需借用浪漫主义诗歌的主题。米勒《冬之旅》一诗中在漫游者头顶盘旋的乌鸦,六十年后飞翔在尼采《冬季大地》的上空:"群鸦鸣噪,/鼓着刷刷的翅膀飞向城市:/天就要下雪了——/现在还有家可回的,是有福的人!"这种小巧而有德国特色的谣曲(Lied)便是如此执着地在19世纪的德语诗歌中延续,它是永恒独立的诗的完美化身,正如凯勒所云,它属于"诗直接管辖"。散文(Prosa)是质料的语言,具有历史感;而诗(Poesie)是描述内在感受的语言,即便表达的是转瞬即逝的感受,也似乎在述说永恒。于是抒情诗(Lyrik)使得没有时间维度的彼岸世界变得可触可感,如同悬浮在此岸时空中的一个孤岛。由此,诗歌与音乐,19世纪德国最独特的两种艺术形式,联系在了一起。

　　诗歌带来的诗意状态转瞬即逝(19世纪诗歌普遍比前一个世纪的诗歌要短小),它的小巧使它的亢奋激越变得可以原谅,因为还没等反思到来,诗歌便已结束。散文与这个人类世界的交往方式要繁琐得多。尽管诺瓦利斯、阿尔尼姆或富凯[①]的浪漫主义小说建构了广阔的童话想象世界,使人深深地沉迷其中,以至于无人会对幽灵鬼怪的出现和意味深长的谈话感到惊奇,也不会迷惑于关于艺术和自然象征的奇特解释。但是,这与欧洲小说的现实主义风格背道而驰,也超出了广大读者的接受能力。很快,这种异国情调与神秘学说的混合拼接就被人遗忘。19 世纪的德国小说家重新回到了现实主义的叙事传统中,回归到通俗易懂、充满趣味的风格。对此,有人沮丧无比,有人如释重负。最有代表性的是蒂克的转变,1815 年以后,他似乎完全把初涉文坛时的浪漫主义立场抛到了脑后,开始从容地写作铺张的志异小说,并由此收获了个人最大的成功。

以 1848 年革命为界,文学史将 19 世纪下半叶的德语文学命名为"现实主义文学"。当然,并没有一种行之有效的写作方式,可以做到只白描现实而不另有感怀。同一时期的法国、英国和俄国小说之所以获得世界性的成功,在于它们对社会中形形色色的人物事件生动出色的描写。读者仿佛来到原本陌生的社会圈子中,很快就熟悉其中的人情世故,好像自己属于这里。德国小说之所以不受世界读者喜爱,其原因在于它的哲学性使小说变得复杂生涩,即便德国小说家自嘲哲学腔让小说变得不忍

---

① 富凯(Friedrich de la Motte Fouqué,1777—1843),德国浪漫主义作家,著有骑士小说《魔戒》《水妖温迪娜》。

卒读、遭人厌弃，德国小说也不见得因此而有趣了几分。直到在冯塔纳的笔下，德国小说中浪漫历史与现实当下的传统对立才转换为男女心理对比的描写，涉及社会问题。在迟到了几十年后，德国终于有了英法风格的社会小说，这也解释了为何冯塔纳在今天的读者中依然受欢迎。

　　更能说明德意志文学的状况，作为文学也艺高一筹的是戈特弗里德·凯勒的《绿衣亨利》(1854—55)。这部带有自传色彩的小说演绎了艺术家浪漫理想与物质世界的对立，用忧伤却又不失幽默的笔调讲述了一个男孩独自成长的故事。小海因里希从自家小屋窗口看到相邻的教堂屋顶，他的思绪在德国思想史中穿梭，而德国思想史与宗教史密不可分："教堂屋顶上朝西的大阳台神秘不可测，是我眼睛探险的乐园，不断有新的发现。当落日余晖洒满平台，底下是暮色中的城市，这片红彤彤的有些倾斜的平台在我看来，就像美如仙境的河谷或原野。屋顶上立着一座狭长尖顶的塔楼，里面有一口小钟悬挂，钟顶上一只亮闪闪的鎏金雄鸡正在转动。每当黄昏时分，钟声敲响，我的母亲就会念诵上帝之名，教我祈祷。我问她：上帝是什么？是个男人？她答道：不是，上帝是个神仙！教堂的屋顶慢慢没入灰色的阴影里，灯光沿着小小的钟楼爬了上去，最后落在了金色的风向鸡上。一天晚上，突然福至心田，我确信，这只雄鸡就是上帝。"神化—祛魅—复又神化，在孩子求证上帝存在的过程中逐一出现。在海因里希眼里，塔楼上的鎏金风向鸡有了神奇魔力，从宗教心理学角度展开的叙事又剥去了它神秘的外衣：上帝不过是父母通过权威灌输给孩子的一个空洞概念，与神秘的人间现象结合在一起，造成了假象的存在。所以人类不是上帝的造物，而是上帝的造物主。

凯勒在海德堡上过路德维希·费尔巴哈的课，后者在《基督教的本质》(*Das Wesen des Christentums*，1841)一书中认为基督教的产生有两个原因，一是人类造神的需要，二是人神同体观念的投射。这是第一次在德国公开发表经过科学论证的无神论观点。从马克思到尼采，从毕希纳到凯勒，这些19世纪哲学和文学领域的先锋都是公开的无神论者，他们以一种决绝的姿态，宣告了基督教世俗化过程的完成。但是，这并不意味着宗教对于文学再无任何意义。如果说，宗教的产生源于将世俗愿望提升为超验现象，那么诗人和哲学家要做的工作就是让误入超验世界的能量重返人间。唯物主义心理学让"上帝"失去的光芒，映射到了实实在在的风向鸡上。在教堂屋顶的阴影中，风向鸡闪闪发光，至少在落日西沉的这一刻，它已是永恒。启蒙以后的人类洞悉了人类迷思的根源，迫不得已放弃了对超验世界的追求和信仰，而对于后启蒙时代的人而言，审美想象是人间仅存的超验世界。

尽管主人公经历坎坷，《绿衣亨利》依然赞美了人世间的幸福。没有了上帝、永恒和理想，人还有没有可能生活？面对这样忧心忡忡的问题，凯勒给出了一个实事求是而又让人安心的回答。他在给朋友的信中宣告小说即将出版，并写道："放弃所谓的宗教观念，文学便会消亡，高尚情操便会丧失，这种时下流行的观点，我看不过是杞人忧天！恰恰相反，正因为上帝的缺位，世界才显示出无穷的美丽和无尽的深沉，生活才变得更有价值、更为丰富，死亡也成为更严肃的事情，需要经过认真思考。我这时才觉得必须全力以赴地完成我的使命、净化我的意识、争取不负此生，因为往事不可追，错过的东西再也不会在世界的某个角落里等着我。"凯勒的小说包含了大地上所有的愉悦和丑陋、所有可能发生的幸福与不幸，而大地及大地上的生活又有一种独特的美好，这种美好超越了所有这一切。当凯勒讲述成功或失败的故事，那种本质上的甚至可以说是形而上的美好便呈现出来，人间的而且是纯粹的凡俗生活的美好变得可触可感，这便是凡人的文学。时间从死神手里、从遗忘那里夺下来的东西，留在了叙事者的记忆中。因此，小说结尾宣称，之所以有这本书，是为了"再一次走过记忆古老的绿色小道"。

记忆的悲剧在于，它虽然可以在想象中重现人生的精彩时光和痛苦的疏忽，却无法真正回到过去。这一悲伤的共识孕育出了19世纪特有的感伤主义。宗教和诗意的永恒观念曾经是18世纪德意志文化的基石，感伤主义是对18世纪的怀念，并可以补偿世风日下、人心不古带来的失衡感。这个时代的记忆文化热试图通过纪念碑、修复文物、博物馆、历史研究和历史小说、自传和照片，从时间的洪流中挽留逝去的时光，然而一想到曾经拥有的不复再来，当下种种转瞬即空，那深重的伤痛感无法治愈。《老屋》(*Alte Nester*)是拉伯的一部长篇小说；冯塔纳有部长篇小说叫《往事如烟》(*Unwiederbringlich*)；施蒂弗特和施托姆的中篇小说都以悼挽旧人往事为题。题材的选择与作者的年龄无关，默里克写《回忆》(*Erinnerung*)的时候，才 18 岁："那是最后一次，/哦，克莱尔馨，我和你结伴而行！/那是最后一次，/我们像孩子般高兴。"诗中出现了"雨打湿的街道""金色的发卷围绕着白皙的脖子""年轻时的游戏"和孩子的书本，好像在讲述很久之前的故事。回忆在这里是一种姿态，并非真实的经验。"很久很久之前，"默里克后来在一首婚礼诗中，穿越到未来，回忆眼前的婚礼，婚礼上的宾客，其中也包括诗人自己，都已不在人世，诗人对新娘说道，"当你将来在爱人身旁/回想起今日的盛宴，我们已不在人间……"

18 世纪末，观念悲剧是诗人和哲学家英雄主义的升华，19 世纪的现实主义使观念悲剧降格成了生活悲剧。一种新的英雄主义应运而生，它宣称，对于超越生活范畴的意义，我们一无所知。弗里德里希·特奥多尔·费舍尔(Friedrich Theodor Vischer)，这位斯图加特德文系教授，与他的朋友凯勒同样是无神论者，在八十高龄时，作诗《俄顷》(*Bald*)，镇定自若地面对死神，"稳稳当当地迈入黑暗之屋"。19 世纪抒情诗中的时间副词"俄顷"(bald)和"尚且"(noch)描述了抒情主人公和现实中的"我"的生理与经验界限："尚能坚持片刻"(费舍尔)，"今日的太阳尚在天边/尚能算作今天"(默里克),"唯有这一刻/你尚属于我;/死亡,啊,死亡/我将独自面对"(施托姆)。诗歌本身是诗与乐的合鸣,它短暂地照亮了我们处处受限、以死亡告终的人生的美好之处。凯勒著名的《晚歌》(*Abendlied*)便是对这一转瞬即逝的美好的写照,这种短暂的美好是依赖上帝的赐予,还是由于我们的坚持?

> 我依然徜徉在傍晚的田野上,
> 唯有低垂的星空与我为伴;
> 睫毛掬起了世界金色的丰裕
> 哦,畅饮吧,我的双眼!

　　19 世纪的诗人是心灰意冷的一代,较之理想主义的前辈诗人对于玄思狂想的迷醉,他们的反形而上学和反宗教倾向更贴近人间生活。但是正因为如此,19 世纪的抒情诗语言不及 18 世纪诗人所达到的成就。因为文学是想象力的产物,它并不特别介意是否真实,是否公正,反而对沉醉在虚假幻想中的狂妄赞赏有加;而诚实本分的怀疑主义者因为追求字字有据而不免格局狭窄,反而限制了文学。

　　尼采的诗《致歌德》戏改了《浮士德(第二部)》(*Faust Ⅱ*)的结尾段落:"一切永恒者/不过是你的喻象/诱惑者上帝/是诗人

的骗局……"①上帝担保观念世界永远存在,追求不朽的人也希望挤入其中,这种想法已经过时,也就是说不存在永恒的真理。19 世纪,人们发现了大地的不朽及其周而复始的生命力,于是追求不朽的古老愿望有了新的目标。古斯塔夫·马勒为汉斯·贝特格(Hans Bethge)的《大地之歌》(*Lied von der Erde*,1907)谱了曲。永恒的意义随着时代的变化而发生了位移,这清晰地体现在《大地之歌》独特的篇首语中:"苍穹永远碧蓝,大地恒久稳固,春天一到,便焕发生机。可是人啊人,你能活多久?"人只要活着,便是人世间的永恒。让大地升华得"更为美好而深沉"的瞬间,人便成为永恒的一部分。

随心所欲,无视神学、道德和现实的约束,抓住当下、纵情声色的"激情",让 19 世纪的市民既害怕又向往。唐·乔瓦尼、卡门、特里斯坦和伊索尔德②便是被神化了的不受市民道德规范约束的男女主人公,市民观众为他们沉醉于情欲冲动、放浪形骸而鼓掌欢呼。在音乐的推动下,这些被命运所驱使的人物将所有道德伦理的顾虑弃置一边,上演了一场伟大的激情神话。与音乐相比,德意志文学演绎激情的身手并不出色。除了一些拘

---

① 歌德《浮士德》第二部结尾的诗节开头两句为"一切无常者,不过是喻象;力不胜任者,在此处实现"(钱春绮译,上海译文出版社,2007 年,第 474 页)。

② 唐·乔瓦尼即唐璜,唐璜、卡门、特里斯坦和伊索尔德分别是作曲家莫扎特、比才和理查德·瓦格纳歌剧中的主人公。

谨的裸体描写,比如古茨科①的《多疑女人瓦莉》(*Wally, die Zweiflerin*, 1835)和《绿衣亨利》中的尤迪特场景,德语文学中并没有出现大的突破。较为出色的是抒情诗,包括叙事文学中的抒情诗片断,轻声述说着对于大地的热爱。即便是保守如天主教贵族小姐德洛斯特－许尔斯霍夫(Annette von Droste-Hülshoff)也可以在"钟楼旁",在一个她可以眺望世界,世界却看不见她的地方,松开云鬓,沉醉于无拘无束的激情幻想中:

> 我高高地站在钟楼旁的阳台上,
> 叽叽喳喳的欧椋鸟在我身旁飞翔,
> 我简直像一个梅娜黛②那样,
> 听任狂风在飘散的头发中放浪。③

塔楼、虚拟式("我想要")和伦理规范的阻碍,证明一个女性梦想过上男子汉自由自在的生活("无论如何总要做一个男子汉"),是不可能成为现实的。

---

① 古茨科(Karl Ferdinand Gutzkow, 1811—1878),德国现实主义作家,青年德意志运动意见领袖。
② 梅娜黛(Mänade),希腊神话中酒神狄奥尼索斯的女祭司,形象狂放。
③ 译文引用《德洛斯特-许尔斯霍夫诗集》,张玉书、章鹏高译,北京大学出版社,1994年,第22—23页。下同。

现在我得坐着，规规矩矩，老老实实，

就像一个乖乖听话的小孩，

只能悄悄地解散我的发丝，

让它们随风去鼓翅！

19 世纪有一句流传很广的谚语："道德总是不言自明"，可是这解释不了合理的愿望与无理的戒律之间的矛盾，特别是当清规戒律不再有宗教的支持之后。尼采的格言集《论道德谱系》（*Zur Genealogie der Moral*，1887）并不是第一个从历史、社会、心理学和语言学角度消解"道德"貌似无懈可击的价值体系。1830 年以后，在文学圈内外，海涅、格拉贝、毕希纳以及费尔巴哈和马克思便已经开始了对于传统道德和宗教观念的分析、研究和批驳。他们的极端批评被同时代的人打压排挤，甚至常常被故意忽视。直到 20 世纪，这些 19 世纪的边缘人物才重新恢复名誉，被视为现代主义的开创者。卡尔·马克思早年的意识形态批评、格奥尔格·毕希纳与文学传统的决裂是 19 世纪德国知识分子圈里的中心事件，但整个 19 世纪对这些人却是避之唯恐不及。

古茨科发现毕希纳的风格受到了医学和自然学科的影响。在写给毕希纳的信中，古茨科写道："在我看来，这与您的专业有关，我是说，您肆无忌惮的风格惊世骇俗，我几乎想说，您的写作有如人体解剖，百无禁忌。"毕希纳《丹东之死》中的丹东认为人体解剖有助于更好地认识人："人们要相识相知？我们必须打开彼此的天灵盖，从大脑皮层的纤维中拽出彼此的思想。"所有形而上的观念——上帝、伦理、理性、爱情——经毕希纳解剖刀般的目光所视，都归因为人的物质属性和动物需求。于是，"仅仅"（nur）和"不过是"（nichts als）成了毕希纳和马克思文中最常见的小品词。古茨科和毕希纳使用的医学比喻同样也出现在了尼采的笔下，他在阐释"道德史"的方法时说道："心理解剖台上血淋淋的场景是人类必须直视的。"19世纪的革命精神认为人类必须接受的重大打击，一一出现在毕希纳的笔下：人类由动物进化而来（达尔文），经济决定意识（马克思），自我受性欲控制（弗洛伊德）。毕希纳在给古茨科的信中写道："用思想改变社会，从知识分子开始？不可能！我们的时代是纯粹的物质时代……受过教育和没有受过教育的群体之间有着巨大的裂隙，您永远没有可能跨越它。"毕希纳笔下的丹东认为，罗伯斯庇尔关于美德的讲话不过是禁欲的后果，不过是权力意志的面具。文学用来引诱老实市民的、称之为"爱情"的东西，不过是性欲的改头换面："人不就想往那下面一钻，扒下裤子，跟那街上的狗似的，坐屁股上就干？"——除了观念上与时代决裂，毕希纳也颠覆了传统的戏剧形式。《伦茨》（Lenz）从剧中人物的角度讲述人物的故事，消除了第三人称和第一人称叙事的区别；《沃伊采克》（Woyzeck）中只有场景的排列，并无戏剧性的情节，因为人物疲于奔命，只为了能够吃饱穿暖。毕希纳的戏剧革新形式直到自然主义戏剧中才重新出现,他的叙事手法要等到 1960 年后才被人效仿。

出于对各种革命力量、普罗大众和性欲的恐惧,19 世纪市民文学对激进现代主义的知识和美学成果极为抗拒,因为它们有可能割断其与德意志文学辉煌时代的关系。文学史将 19 世纪的德国文学命名为"现实主义",并非因为这个时期的文学对社会现状有深刻的观察和认识,而是因为它们在新现象与旧要求之间做了妥协。这一文学上的妥协使得 1848 年后最优秀的德语小说家凯勒和冯塔纳与由波德莱尔、兰波、福楼拜和左拉等人在法国开创的新文学运动绝缘。到了 19 世纪下半叶,德国精英的老龄化趋势非常明显。年长者统治德国政坛达几十年之久:俾斯曼和威廉一世;学界的领军人物也是年长者:兰克、蒙森、弗里德里希·特奥多尔·费舍尔;年长者同样统治了文坛:凯勒、拉伯、冯塔纳。德国文学史上屡试不爽的规律再次被证实(只有浪漫时期是唯一的例外)——相对于其他欧洲国家而言,现代主义在德国也是姗姗来迟,德国又一次成了迟到的民族。

第二节 复兴和终结:20 世纪

若以今日专业文学史家的喜好为标准,进入 20 世纪最优秀德意志作家名单的有施尼茨勒(Arthur Schnitzler)、霍夫曼斯塔尔(Hugo von Hofmannsthal)、卡尔·克劳斯(Karl Kraus)、约瑟夫·罗特（Joseph Roth）、穆齐尔、布洛赫（Hermann Broch）、里尔克、格奥尔格（Stefan George）、博尔夏特（Rudolf Borchardt）、恩斯特·荣格尔（Ernst Jünger）、罗伯特·瓦尔泽（Robert Walser）、卡夫卡、特拉克尔（Georg Trakl）、本恩（Gottfried Benn）、托马斯·曼、德布林（Alfred Döblin）、布莱希特、本雅明。他们皆出生于 1900 年之前，又几乎都去世于 1950 年之前，也就是说，他们的作品统统完成于 20 世纪上半叶。20 世纪下半叶有哪位作家可与他们比肩？一个作家或作品的价值被证实或被发现需要一段时间。尽管霍夫曼斯塔尔、里尔克和托马斯·曼在世时便已声名显赫，罗伯特·瓦尔泽、卡夫卡和本雅明的价值却要等到他们去世后才被发现。这种迟到的荣耀在 20 世纪下半叶并未出现，相反的例子倒层出不穷。

对于这些离我们时代最近的作家作出的评价是否可靠？人们对于自己的时代恰恰最难下评语。在同一时代中，历史学家掌握材料的可靠度并不比评论家和读者要高，全都不免受到时代观点的束缚。至少文学经典的形成史告诉我们，同时代的评论家大多错过了经典，或者没有意识到经典的价值，这种情况在德国尤其普遍。文学作品的经典化通常发生在作品发表后的三十至五十年，因此，1950 年以后德语文学中的经典还有待发现。如果按照编辑、评论和分析的规模来看，保罗·策兰的作品似乎正在经历着经典化的过程。不过，策兰生前便受到德语文学研究者的额外青睐。除了广为流传的《死亡赋格》之外，直到今天，策兰诗歌的读者圈也只是局限于专业读者中。值得注意的是，研究专家、评论人和文学史家对于最近五十年德国文学的状况普遍表示失望，只有他们喜爱的作家是例外——策兰、阿诺·施密特（Arno Schmidt）、克彭（Wolfgang Koeppen）、布林克曼（Rolf Dieter Brinkmann）或伯恩哈德（Thomas Bernhard）。这也证明了，失望是这个时代的普遍情绪。

20 世纪上下两个五十年，德意志文坛的成绩如此悬殊，为什么会出现这种情况，需要一个解释。19 世纪德意志文坛长期反对审美创新，保守风气甚浓，为何德意志文学会在 20 世纪初异峰突起，重新登上世界文学的高峰？为何这一切发生得如此突然？为何多种独特的写作方式同时出现，以至于无法找到某个统一的概念来概括这个时代的风格？德意志文学史上类似的现象还曾发生于 18 世纪下半叶，同样是突如其来，同样是生机勃发，两个时代是否存在着某种内在的联系？而到了 20 世纪中期，如果我们尊重大多数人的观点，德意志文学的确出现了质量下滑。

诞生于 20 世纪初的德语现代文学至今仍被称为"现代主义"，现在不过被称为"经典现代主义"。它的登场与两个城市密切相关：维也纳和布拉格。文学版图的变迁令人惊讶，因为直到 19 世纪，这两个城市在德意志文学史上并未扮演过什么重大角色，它们是有犹太人聚居区的天主教城市。德语文学出现了地理大迁移，在这之前，德语文学是北方新教地区的专利，而在这之后，最重要的德语作家来自南方天主教或犹太人地区，而南方人在很长时间里几乎被视为与文盲无异。昔日的文学边缘地带一跃而成为文学中心，其中的奥秘并非单纯是落后者的后来居上。

同一时间在爱尔兰、半个世纪之后在拉丁美洲发生了类似的情况。纵观三地的现象，也许可以得出普遍的结论，即现代文学的诞生与前现代社会中的危机，即它们迟到的现代化进程密切相关。在19世纪，西方文学便落后于西方文明的现代化进程。勤奋实干的知识分子通过经济、技术、科技手段及军事行动征服世界。而与生产力发展无关的艺术、音乐及文学渐渐边缘化，在英国成了女士的专有领地，在法国的艺术领域中大放异彩的是波西米亚文人，而在德意志，轮到南德地区的天主教徒和奥地利的犹太人掌控文化领域。文学的生产需要回忆，对一个古老世界的回忆，在那个世界里，文学的力量尚未被媒体技术破坏殆尽，启蒙运动通过媒体、科学、商贸进行，尚未将最后一点虔诚信仰驱逐出文学的领地；在那个世界里，每个写作者都必须描述走出传统的艰难，他以这样的方式告别传统，又继承了传统。

从16世纪到19世纪，奥地利和巴伐利亚，德意志帝国里最重要的两个天主教地区，在德语文学版图上是一片空白。在赖孟德[①]和格里尔帕策之前没有一位奥地利作家,在瓦伦丁[②]和布莱希特之前没有一位巴伐利亚作家的影响力超过本地区。直到18世纪,天主教地区的当政者仍然通过禁书和书籍审查制度严格限制来自新教地区的书籍,使他们的臣民闭目塞听,从而也阻碍了经典文学的传播和影响。谁若在奥地利和巴伐利亚阅读盖勒特或维兰德,便是触犯了法律。克洛卜施多克、歌德和席勒的作品1794年尚且在帕骚受到禁止。然而,天主教地区的市民解放运动开展起来后,严厉的禁令反而使得文学获得了更高的声誉。因为在一个文学创作长期处于落后状态的地区,人们对于文学语言的价值和力量充满期待,而那些逐渐厌倦于文学的循规蹈矩和谆谆教诲的新教地区,对文字的热情很快就被消耗掉了。在向现代文学过渡的过程中,18世纪曾经出现的后来者居上的情景再次上演,只不过这次是在德意志内部,迟到者普遍有着急切的补偿心理。直到今天,天主教的历史、古老的生活方式依然与对文学的信仰和敬畏联系在一起。而当代的大部分重要作家都是奥地利人:阿特曼(H. C. Artmann)、巴赫曼(Ingeborg Bachmann)、伯恩哈德(Thomas Bernhard)、汉德克(Peter Handke)、杨德尔(Ernst Jandl)、耶利内克(Elfriede Jelinke)、迈

---

① 赖孟德(Ferdinand Raimund,1790—1836),与内斯特洛伊齐名的维也纳通俗戏剧的剧作家和杰出的性格演员。

② 瓦伦丁(Karl Valentin,1882—1948),巴伐利亚著名喜剧演员、导演和剧作家。

勒克(Friederike Mayröcker)。直到 20 世纪 80 年代,只有奥地利作家中仍然按地域分群,尤其是维也纳和格拉茨两地的作家——这也证明了写作仍然具有社会意义:环境越是保守,越有必要挑战。

新教催生了德语的文学语言,正如雅克布·格林(Jakob Grimm)所云:"人们确实可以将新高地德语看作是新教语言,它自由的气息早已不知不觉地征服了信仰拉丁教(即天主教——原注)的诗人和作家。"一旦天主教作家——犹太教作家也不例外——用"新高地德语"写作,他们便皈依了文学新教。施蒂弗特对本国的天主教风俗尤其尊崇,极尽绘声绘色之能事,即便如此,他的小说中沉默寡言、外表羞涩、内心神秘的人物仍继承了让·保尔、歌德和克莱斯特的衣钵。在他们的小说中,人物的神秘外表与其内敛而又坚定的立场形成了张力,这一性格上的矛盾要溯源到虔敬运动中提倡的内倾性。卡夫卡同样也曾宣称,他的叙事风格和题材更多地是仿效了克莱斯特和施蒂弗特,而不是如现在的解读者所认为的那样,是受到了隐秘的犹太传统的影响。

与基督徒相比,犹太人进入德语文学的路途更为艰难,但如果人们仅评价他们的艺术成果,而不考虑历史背景,便会发现犹太人在文学上取得的成就更大。尽管在德国和奥地利,犹太人的人口比例不到百分之一,在前文提及的 20 世纪初期的著名作家中,有一半属于这个少数族裔。有人怀疑这是二战后人们出于补偿心理，刻意夸大了犹太作家对于现代文学的贡献，这样的猜疑是站不住脚的。还有些作家也是犹太人，他们的作品在世时备受读者喜爱，今天却被视为二流作家，这样的作家有雅克布·瓦塞尔曼（Jakob Wassermann）、斯蒂芬·茨威格（Stefan Zweig）、埃米尔·路德维希（Emil Ludwig）。再加上在重要报纸担任主笔的犹太裔记者①，人们不免会产生这样一种印象，文化媒体已经完全被犹太人所控制——这种印象曾被纳粹用来支持犹太人威胁论。

　　犹太人自中世纪以来就在德意志帝国生活，几百年来从未参与到文学创作中来；他们的信仰、语言和职业成为他们进行文学创作的阻碍。因此，犹太作家突然在 20 世纪初期的德语文坛上大放异彩，这一现象的确令人惊讶。18 世纪末，在基督徒和犹太人共同仰慕的摩西·门德尔松（Moses Mendelsohn）指引下，犹太知识分子第一次接触到了德国哲学和文学。19 世纪犹太作家数量稀少，但其中的两位广为人知，他们是海涅和奥尔巴赫（Berthold Auerbach）。德国犹太人的学习之路与一百年前的德国新教知识分子相似。直到 18 世纪，犹太学校仍然用意地绪语授课，且授课内容局限于犹太教教义。1800 年前后，在法国

---

① 当时著名的评论人卡尔·克劳斯（Karl Kraus，1874—1936）、马克西米利安·哈登（Maximilian Harden，1861—1927）、阿尔弗雷德·凯尔（Alfred Kerr，1867—1948）都是犹太裔。

大革命的影响下，束缚犹太人的法律和政策被解除，犹太学校也过渡到使用标准德语授课，内容开始涉及世俗生活。

犹太人获得的市民权力名义上受到法律保护，事实上却处处受阻，他们在政治上获得解放要归功于启蒙运动，因此，他们在跻身市民社会后，便以启蒙运动中德意志文化的代表人物——莱辛、赫尔德、歌德、席勒、威廉·封·洪堡——为榜样。将德国经典作家奉若神灵，这种做法与犹太教崇拜和解读《圣经》的传统不无关系。对于《圣经》的推崇，犹太教较之基督教更为虔诚。于是，19、20世纪里关于歌德的书大多出自犹太人之手，便不是什么奇事。直到今天，人们还能遇上犹太流亡者，他们将德国文学经典的式微看作是德国以排犹主义为开端的人性泯灭的后果。1970年以来在德国中小学里施行的所谓进步教育法正是导致文学经典式微的罪魁祸首。自19世纪初起，上层犹太人的知识信仰便如宗教信仰般坚贞。"古老的宗教生活源于上帝的启示，现代的宗教生活源于教育"，19世纪中期，贝尔拓尔德·奥尔巴赫的这句名言道出了犹太文化中发生的根本转变，相似的转折也曾经发生在一百年前的德国历史上：从基督启示录到世俗文学。

德意志文化起源于宗教语言的世俗化。到了19世纪末，启蒙后的犹太人重新赋予世俗化的德意志文化以神圣意义，他们对于这一新文化的信仰有着教徒般的虔诚。较之于他们的基督徒邻人，犹太人的文化信仰更为严肃和持久，因为他们是否能够融入德国社会,取决于启蒙后的德国古典主义价值观能否持续下去,也就是说文化归属决定了他们的市民身份;而对于基督徒出身的德国人而言,无论他们是从属于官方教会还是自由教派,文化不过只是影响了他们的生活方式。威廉大帝时期,德国中学和大学将18世纪的教育理念曲解为民族主义意识形态,而犹太市民却信守着以往德国教育观中的世界主义理念。"特别是19世纪末以后,德国人自己将原本的教育(Bildung)理念肢解得支离破碎,德国犹太人却将教育视为犹太教的代名词。"(乔治·L.摩西[George L. Mosse]:《超越犹太教的德国犹太人》[*German Jews Beyond Judaism*],1985)因此,犹太人成了德意志文化最铁杆的拥趸。这似乎是一个悖论,却解释了为何1900年后德国文学的再度崛起主要应归功于犹太作家,德意志文学得以再次出现在世界文学之列。德意志文学史上的第二次高峰与第一次高峰的出现有着相似的外在条件:宗教传统的式微,欧洲范围内的启蒙运动,审美自律,对伟大艺术产生了类似宗教情绪般的狂热信仰。在18世纪晚期成为主流的社会思潮延续到了20世纪初,只不过这时,持有这种观念的主体人群的宗教出身发生了改变。如果不把"德意志"当作人种学上的民族概念,而是指文化特质的话,那么同化了的犹太人应该是更为纯粹的德意志人。因此,随后发生的犹太人大屠杀使得德意志文学失去了曾经的高度和个性。

为了避免旁人怀疑其文化归属,犹太作家不得不特别注意自身德语的标准和完美。即便对于受过教育的犹太人而言,使用标准的德语也并非易事,他们的亲戚朋友中还有不少人说一口招来冷眼的"猫舍尔德语"①。因此,犹太作家对于德语语言的准确性尤其重现。卡尔·克劳斯特别强调,他的语言批评遵循一种"精神原则,也就是说,语言,这唯一可以伤害而不必受罚之物,应该担负起最高责任,而这一精神原则最适合教会人们对所有生命必需品抱有尊敬……如果德国人仅听从语言的命令,那会是多么美好的一种生活方式!"克劳斯指出,在他所处的时代,德语已不再纯正,意地绪语和奥地利语溷杂其中,粗鲁肤浅或是故作姿态的随意是新闻语言和文学语言中的败笔。克劳斯衡量语言的标准是歌德和叔本华的德语——德国古典文学时期德语语言的典范。

卡夫卡将布拉格犹太作家的"灵感"归因于"悲哀的特殊处境",他们处于三重"不可能写作"的困境中,即"不可能不写作""不可能用德语写作""不可能用其他方式写作"。德语文学语言是同化了的犹太人的精神家园,在犹太作家一半崇敬一半怀疑的目光打量下,德语文学语言充满悖论和陌生感。语言玄学论与语言怀疑论针锋相对:前者以克劳斯的严苛、本雅明的冥思和卡夫卡的绝望(卡夫卡在去世前留下遗嘱,毁灭所有手稿)为代表;后者以弗洛伊德、毛特纳、霍夫曼斯塔尔为代表:弗洛伊德从

① Mauscheldeutsch,带犹太口音的德语。

心理学的角度、毛特纳从认知学的角度、霍夫曼斯塔尔从生命哲学的角度论证了语言的不可靠性。对语言的悲剧性阐释基于犹太人特殊的经验：作家们模仿的德国古典文学的德语，他们遵循的"命令"，已经在现实世界失效，古老的词汇无法准确地传达当代作家的意图。

"必须绝对现代"——兰波的呼吁在 19 世纪便已为法国作家所响应，对于今天被归入经典现代主义的德国作家而言，这个倡议在 20 世纪初尚且是不可理解的。他们不想成为现代主义者，很不情愿地被扣上了现代主义者的帽子。里尔克、霍夫曼斯塔尔、博尔夏特、托马斯·曼、卡夫卡——他们都不是先锋派，而是某种审美保守主义的跟风者。他们向往和追求的，是复兴和继承德意志文学古典浪漫时期的辉煌。与 19 世纪作家不同的是，他们无需在模仿前辈和适应时势中做出妥协。这股回归传统的风气体现在众多文集中，人们主张以歌德时代的经典文本作为当代文学的标准：《德意志文学》①《德意志文学读本》②《风

---

① Stefan George/Karl Wolfskehl（ed.），*Deutsche Dichtung*（《德意志文学》），3 Bd. *Jean Paul*，*Goethe*，*Das Jahrhundert Goethe*（三卷本：《让·保尔》《歌德》《歌德世纪》）。

② Hugo von Hofmannsthal（ed.），*Deutsches Lesebuch*（《德意志文学读本》，霍夫曼斯塔尔编）。

景中的德国人》①《德意志精神》②。此外，评论经典作家的著作也纷纷出版，以期引起关注、加深理解，甚至连罗伯特·瓦尔泽也写了克莱斯特和布伦塔诺的传记。一些作家，尤其是霍夫曼斯塔尔、博尔夏特、托马斯·曼，做了专业文学史家分内的工作；有些作家成了货真价实的文学史家，如两位格奥尔格的追随者贡多尔夫（Friedrich Gundolf）和科默雷尔（Max Kommerell）以及本雅明、卢卡契（Georg Lukács）。在20世纪的第一个三十年，不少优秀的文学评论达到的文学水平可与文学创作媲美。

不过，将传统强制规定为人人必须遵循的规范，也说明仿效经典之勉强。德意志古典文学的回归只能是幻想而已。那个时代在人们记忆中留下的只是一些引文、热门剧目和名字，谈不上对文本及历史背景有什么深入的了解。亨利希·曼（Heinrich Mann）的讽刺小说《臣仆》（Der Untertan）将那些从德国古典时代遗留下来的陈词滥调放到了新德意志民族帝国的商业社会中，其人文主义内核与发生在20世纪上半叶德国的反人道主义行为形成了鲜明的对比。

尽管20世纪某些神秘团体依然活跃，在向现代主义的过渡中，作家无法绕开19世纪唯物主义对古典哲学空想主义的批

---

① Rudolf Borchardt, *Der Deutsche in der Landschaft*（博尔夏特：《风景中的德国人》）。

② Oskar Loerke, *Deutscher Geist*（洛尔克：《德意志精神》）。

评。古典文学尚在允诺不朽，现代文学则必须承认衰败。在对衰落的剖析、对告别的描写中，现代文学获得了一种独特的精确和美，如托马斯·曼的《布登勃洛克一家》(*Buddenbrooks*)和《死于威尼斯》(*Tod in Venedig*)，又如施尼茨勒和霍夫曼斯塔尔的诗剧，约瑟夫·罗特的小说，里尔克、特拉克尔和本恩的诗歌。作者们期待着找到充满生机和意义的形式，因而对破落和空洞的现实更为敏感。里尔克在《马尔特·劳里茨·布里格手记》(*Aufzeichnungen des Malte Laurids Brigge*)中这样描写一栋房屋被拆后的景象：

> 这些房间顽强的生命并不因摧残而丧失，它依然存在，固守在墙上残留的钉子上，站在一掌宽的地板残片上，蜷曲在还有一点室内空间的墙角跟下。人们可以看到，是它的颜色在改变，缓慢的、年复一年的改变：从蓝色变成发霉的绿色，从绿色变成灰色，从黄色变成陈旧、黯淡、正在腐烂的白色。……被拆毁的隔墙的断裂线勾画出了内墙的外框，从那些曾是蓝色、绿色和黄色的墙壁里，散发出了生活的味道：黏稠、迂缓、腐烂的气味，风还没有把它们吹散，那是午餐和疾病的味道，是成年累月的烟雾味，还有把衣服浸湿的腋下的汗味，嘴里呼出的浊味，以及汗脚丫子散发出的如劣质烧酒般的酸臭味。

这是布里格在巴黎的所见所闻。大城市为现代审美经验提供了条件和主题，而现代审美经验是无法与丑陋绝缘的。在德国，城市经验长期缺乏，作家们散居于全国各地的乡村，多倾向于美化乡村生活，为乡土风情辩护，并与犹太知识分子的都市文学分庭抗礼。直到20世纪50年代，宾丁（Rudolf Georg Binding）、瓦格尔（Karl Heinrich Waggerl）、维歇特（Ernst Wiechert）、贝根格林（Werner Bergengruen）、卡洛萨（Hans Carossa）的田园小说中依然弥漫着浓浓的火药味，且因此深受德国读者喜爱。布里格在巴黎街道上看到的那间房子显出双重的恐怖：不仅本身已经变成了一片废墟，同时也泄露了以往生活的空虚。在残破的废墟上，生活中所有的不幸比在常态中更明显地显露出来。拆除让习以为常的东西变得陌生；而毁灭意味着真理的开始。卡夫卡《变形记》中的儿子醒来时突然变成了一只大甲虫，他这才重新开始认识他的家，这个他从未关注，也从未被关注的家。

世界文学中的现代主义以否定传统的词语、风格、体裁、母题、题材为开端，而从古典时期一直到19世纪，文学传统尽管变化频仍，但从未有过根本上的背离。欧洲其他各国先锋派对传统审美范式的破坏不乏幽默之举，如俄罗斯和意大利的未来主义、达达主义、阿波利奈尔①和乔伊斯。戏仿、无稽之谈、对词汇和想象的解缚尽管消解了意义（也减少了意义带来的压抑），同时也增添了风趣。在德国的现代主义者如果不是国际达达主义运动的成员，便与这种愉悦的审美创新无缘，他们以阴郁的声调讲述悲剧的发展，似乎必须为古老世界的没落担负责任，且因此而必须接受新的惩罚。分离母题在托马斯·曼和霍夫曼斯塔尔那里成为疾病和死亡的故事，在里尔克那里成为悲伤的哀歌，在约瑟夫·罗特那里显现出阴郁的感伤，还表现在布拉格作家群的无家可归、表现主义者的末日情结、本恩和荣格尔英雄主义式的虚无主义上。光凭书名，奥斯瓦尔德·斯宾格勒（Oswald Spengler）《西方的没落》（*Der Untergang des Abendlandes*）就可以成为德国畅销书。托马斯·伯恩哈德（Thomas Bernhard）的小说有一部名为《走向毁灭的人》（*Der Untergeher*），海纳·米勒（Heiner Müller）的剧本《日耳曼尼娅的柏林之死》（*Germania Tod in Berlin*）同样以没落为主题。直到今天，"没落文学"依然是德语文学中的特色领域。

为何"没落"会成为德语文学偏爱的主题，人们往往将之与20世纪德国和奥地利主动或被迫参与的政治灾难联系起来。

---

① 阿波利奈尔（Guillaume Apollinnaire，1880—1918），法国诗人。其《醇酒集》和《美好的文字》对法国现代诗的发展影响极为深远，另有剧作《蒂雷西亚的乳房》，被认为是超现实主义的发轫之作。

但是没落题材在 1914 年开始的一系列政治灾难发生前就已经出现在文学中（在 19 世纪末，哈布斯堡王朝就已经显露出了崩溃的端倪）。德国文学对观察和描摹灾难图景的严肃认真，与德国人、尤其是新参与到文学创作中来的犹太人和天主教徒对复兴和继承古典文学形式和观点的真诚期待，也许是一枚硬币的两面。犹太人融入德国市民阶层的热忱期待由于当时普遍的排犹主义而落空，他们用歌德时代的眼睛观察现代社会，因而对那些令人诧异和反感的现代图景最为敏感。谁若真诚追寻美的理想，看到的却是身边的丑陋，怎不惊恐万分而又刻骨铭心？（同样产生于维也纳犹太人知识分子中的精神分析学，其实是现代德语文学的一个变体。）德国的现代主义不是产生于突破传统束缚、愉悦的诗学实验中，而是源自一种无力感的体验，无力拯救伟大的德意志传统，这种体验上升成为悲剧式的寓言。德国文学中的骇异图景是在德国本土经验和智识背景下发生的，一段时间以后，它们在其他国家被解读为欧洲战乱的喻象，因而也被宣布为 20 世纪经典文学。（这种将美学悲剧解读为政治寓言的做法，最典型的例子当属一部创作于流亡途中的文学——托马斯·曼发表于 1947 年的《浮士德博士》[Doktor Faustus]。）

德意志文学史上不断发生的断裂在 20 世纪再次出现：德意志文学经历了长期的低迷之后突然恢复了往日的荣光，然后重又陷入停滞状态。艺术至高无上——凭着这一信仰，出生于 1900 年之前的一代作家中的佼佼者突破了 19 世纪的疑虑和妥协。绝对的艺术信仰是一个错误,却带来了丰硕成果,1914年以后世界历史的发展证明了这一点。作家,尤其是表现主义作家,既惊惧于历史中的预兆,又为其所吸引,而历史的真实最终超越了文学想象中的灾难。

在第三帝国时期,犹太裔和左翼知识分子以及部分保守主义知识分子的流亡是一个重大事件,但由此带来的损失并非是现代德国文学走向衰落的唯一原因,它在1950年之后依然不见起色。不那么引人注意,却对文学创作影响至深的是一系列禁言令:1914、1918、1933、1945、1968、1989。每次政治危机过后,胜利一方所做的第一件事情就是禁止失败一方词语、思想和书籍的流通和使用,或者至少质疑它们的合法性。在政治的断裂层,禁止德语语言以及与之相关的传统,大多数情况下会对双方都产生影响:纳粹党人的上台使得犹太人、共产党、自由党和基督徒统统陷入沉默中;同时,政治重压下的作家也失去了对德国传统语言的信任。在德国传统文学深挚的灵魂里,他们已经预感到了浪漫主义和民族主义的反理性主义,那种被德国纳粹党人称为"德意志本质"真正内核的东西。

在18世纪,德语文学语言通过对其他语言系统的借用,尤其是在吸收了基督教语言后,变得大胆而丰富;到了20世纪,由于畏惧语言中的意识形态深渊,重又变得拘谨而贫乏。1947年发表在《变化》(*Die Wandlung*)杂志上的《非人者词典》(*Wörterbuch des Unmenschen*)是当时众多违禁词典中的一种。

对 1945 年以后的德国语言实行管制，虽然不无必要，但也着实搞得人心惶惶。如果公开场合中说的每个字、书面发表的每个字都要经过检查，判断其是否符合道德和政治标准，对于一个社会政权的稳固也许不无好处，但对于这个社会中的作家必定无益。语言的自由是文学生存的基础，文学想象力不能受政治和道德约束。如果作家必须先对每个词进行审查，判断它们是否属于违禁语之列，它们是否在为德意志犯下的罪行辩护，他就失去了自由想象的勇气。1945 年由战胜国盟军主持，在东、西德分别进行的"思想改造运动"，后改由德国人自己导演。好学的乖学生也许会成为更好的人，但不会成为好作家。

年轻的德国知识分子在美军战俘营里通过"再教育"（re-education）和"民主化"（democratization）运动获得了政治启蒙，认识了纳粹统治的罪恶，也认识到德意志民族走上的思想歧路导致了罪行的发生。士兵返乡后虽然恢复了自由，但依然受到监视，他们在广播、杂志上进行最初的文学尝试，发表刚刚获得的道德认识。"四七社"便是这群人的代表。即便在"四七社"定期聚会取消后，"四七社"成员依然代表着当代德国文学，直到今天依然如此，特别是其中两位成员，伯尔（Heinrich Böll）和格拉斯（Günter Grass）获得了诺贝尔文学奖。"'四七社'创建之初是一个政治评论小组，我们不想造就作家，而是想培养有文学抱负和政治热情的评论人"，"四七社"的创始人之一汉斯·维尔纳·里希特（Hans Werner Richter）对"四七社"创建意图的陈述，从历

史的角度看来,不仅适用于"四七社"成立之时。第三帝国之后,
德国作家别无选择,只能成为"有文学抱负和政治热情的评论
人",或者至少成为活跃而有政治抱负的文学家,并且始终不改
初衷。

为了摆脱历史带来的屈辱,战后德国作家开始从战胜国的
文学传统中寻找新的榜样。海因里希·伯尔效仿美国短篇小
说,阿尔弗雷德·安德施(Alfred Andersch)选择法国存在主义
作为榜样。再加上一些政治和道德说教,别人的写作方式就可
以满足德国的需要。作家们热衷于文以载道,认为文学创作需
要担负起道德教育的社会任务,在这一点上,可以看到贯穿德意
志文学史的新教传统再次显现,只是,这一次不再是私人圈子里
的说教,而是公开场合中的宣讲。1945 年以后,无论是在西德
还是在东德,政治参与成为德国作家的职业本分,因为两国作家
在文学风格和政治立场上的区别比两国政体之间的区别要小得
多。(他们对各自国家的认识也同样不足,一个是不遗余力地抹
黑自己的政府,另一个则是吹捧得过了头。)作家们必须对德国
犯下的罪行作出忏悔:他们忏悔了,并且充当了忏悔布道师的角
色。于是,战后德国文学继承了 18 世纪以来的道德说教传统,
并进一步发扬光大。君特·德·布隆(Günter de Bruyn)的自传
《四十年》(Vierzig Jahre)里回顾自己在民主德国度过的岁月,
他发现,令人意外的是"(德意志)民族文化的持久性"。以抗议
为天职的作家曾经在抗议天主教的新教教会那里找到了依靠,

在 20 世纪，德意志文学和新教自 18 世纪就结下的亲密战友情谊再次得到了证明："我在勃兰登堡和梅克伦堡的村庄教堂里举行作品朗诵会。唱诗班的廊台上挤满了人，厚厚的界石砌成的墙将充满敌意的世界挡在了外面，巴洛克风格的布道坛提醒人们勿忘上帝真言的意义；这些都是我在那些年里最美好的记忆。"

今天的读者已经厌烦了布道文学，伯尔、弗利施（Max Frisch）、弗里德（Erich Fried）和克里斯塔·沃尔夫（Christa Wolf）都可归为文坛布道家，他们现在更欣赏那种将政治话语隐匿于独特写作风格之中的作家，如阿诺·施密特、乌韦·约翰逊（Uwe Johnson）、托马斯·伯恩哈德。但是这三位作家的作品同样是战后文学新教主义的延续，表现方式无外乎以下两种：其一是与国家和资本这两大黑暗势力抗争；其二是文学语言的个人化：施密特将文学语言限定为语音的演绎，约翰逊限定为报告式的语言，伯恩哈德利用词语重复出现造成一种单声调的效果。他们选择不同的语言装备，用以抵抗各种想象的诱惑，避免误入歧途。作家的粉丝们将这种形式上的刻意贫乏解释为与国际现代主义接轨，或者更乐意将其看作是悲观的世界观表达，看作是道德反省的结果，这样的解读方式依然是一种道德价值判断。1945 年以后，无论哪种德国文学都指向价值判断，不是公开的说教便是隐含的暗示，文学中强烈的道德观念意味着对于想象力的恐惧（谁知道，充满诱惑的想象力会把文学引向何方？），从而阻碍了真正自由的审美创作。谜团重重的故事，奇特诡异的画面，大胆的思想冒险，天马行空的语言试验，这些在20世纪下半叶的南美和北美文学中发生的情形以及读者从中获得的乐趣，是当代德国文学的读者无福享用的。格拉斯和施密特早年的小说中尚有此种倾向显露，可惜幽默搞笑的文字随即消解了其内在的意义。杨德尔（Ernst Jandl）和格恩哈特（Robert Gern-hardt）的搞笑文字越来越受欢迎，部分原因也许在于，读者至少可以通过幽默的诗行，从道德重负下释放片刻。如果读者不是必须时时面对彼得·魏斯（Peter Weiss）《抵抗美学》（*Ästhetik des Widerstandes*）的道德说教和保罗·策兰沉重的诗歌，他们对于口水诗的兴趣也许就没有这么大。

德国画家和导演的工作要容易得多，他们可以追随自己海阔天空的狂想，因为图像是多义的，可以不必进行意识形态批评。安塞尔姆·基弗（Anselm Kiefer）的油画、彼得·察德克（Peter Zadek）的电影呈现的德意志象征允许多元的解读，而这些象征符号只有确定具有批判意味时，才被允许出现在作家笔下。因此当代德国的许多诗歌、剧本和小说读上去就像穿上文学外衣的报头文章。为了避免偏离政治正确的路线，在世界上发生争端，或者更多的时候是在本国内部出现分歧时，战后德国作家会利用每个这样的机会公开宣布，他们是站在善的一边。恶对作家而言往往更有价值，却受到了压制。只有在罗尔夫·迪特尔·布林克曼（Rolf Dieter Brinkmann）的诗行中、在海纳·

米勒的一些符合辩证法的句子中，我们还能感受到文学犬儒主义所必需的自由，而犬儒主义是德国作家半个世纪以来坚决摒弃的。

文学评论人、文学史家甚至作家本人也很难否认，最近五十年的德国文学既不能与同期他国的文学作品相媲美，也逊色于历史上的德国文学水平。奇怪的是，德国读者对于每一季的新书都是心甘情愿地追捧，热切地阅读。或者必须说：曾经热切地阅读过。因为最近几年，读者的趣味转向了从别国语言翻译过来的更为轻松愉快的消遣小说。而更有营养、能够带来更多阅读享受的经典文学从读者的记忆中消失了。今天，即便是文学爱好者中的知识分子也几乎不再阅读冯塔纳之前的作品。技术、经济和政治领域要求的与时俱进，也同样被用于审美领域。但这种要求显然是毫无意义的，因为审美是超越时代的，只有文学质量的高低之分。阅读文学经典是重复性劳动，于是，在某些人眼里便成了浪费时间。

经典作家只有在其诞辰或忌辰纪念日到来时才会重新引起人们的关注，但是即便是作为不可忽略的庆典或是事件，没有人会觉得因此而有必要去阅读经典作品。自 1970 年代以来，与时俱进的中小学德语课中逐步减少了经典文学的份额。经典文学被认为陈腐无聊、毫无新意。谁今天如果与中学生和大学生一起讨论莱辛、歌德、霍夫曼斯塔尔或穆齐尔的作品，很快会发现，这些作品，不管是诗歌、小说还是散文，对今天的读者而言，都显得繁难、陌生、晦涩,似乎在阅读现代主义先锋派的神秘文字。时代发生了变化:时下的出版物轻松愉快,经典文学高深莫测。德意志文学在它最好的年代所追求的不朽理念,在其身后被证明是幻象。德意志文学的历史是短暂的。

结语　文学的历史

距离作品发表的时间越久远,读者对文学作品的要求就会愈加严苛。同时代的读者首先看重的是新书中符合时代精神的东西,后世的读者则对书中值得记忆的东西感兴趣。文学史家是后世的读者,他们的工作是告诉后来的读者,历史上有哪些东西尚且值得一读。随着时间的推移,文学史家的选择标准不仅变得更为严格,也不同于前代读者的喜好。因此,后世阅读的作品往往是同时代的读者所忽略的。文学史研究的对象是什么,不是由同时代的人,而是由后世读者决定的;不是由时代决定的,而是由记忆决定的。文学史关注什么、不关注什么,受制于一个评价标准,即便文学史家并未意识到这个标准的存在,它依然存在。而这个评价标准只可能是美学标准:是由后世的专业读者,即饱览各个时代书籍的读者,对作品的艺术水准作出的评价。因此,文学史不能仅仅甚至不能主要依据实证性的历史材料,因为历史无法对作品的文学价值作出最终评价。无论文学史是老派的作家生平传记罗列，还是遵循传统的思想史路径，抑或采用时新的社会史和影响史方法，如果文学史家将重新建构文学的历史确立为文学史写作的动机和目的，那么他就陷入了实证主义的误区。文学史通常闭口不提审美标准，也不提后世经典的决定性影响，因为文学史家认为，经典的形成是主观的、受制于意识形态的，也就意味着是不科学的；而对于历史事件的描述，是可以通过科学方法实现的。因此文学史家在阐释方法论时，习惯于将文学史限定为历史范畴，而在事实上却暗中遵循了美学经典设定的标准。美学标准事实上是有效的，尽管缺乏明确的方法论定义。

文学真正的保留地并非历史，而是图书馆。将文学作品保留下来的，是一个看得见的、确实存在的机构，里面置放的是可以触摸的物品，并非形而上学意义上的存在。当口头文学失传之后，文学作品如果没有书籍这种物质承载形式，就会转瞬即逝。图书馆呈现了文学作品的同时性，这种理想状况是图书馆的主动创造还是被动的结果，没有必要去辨个究竟。无论是哪种情况，图书馆作为各种版本书籍的档案馆，为后世的文学评论提供了依据，因而成为文学经典形成的物质基础。不管作品发表于何时，在图书馆里，博尔赫斯、维吉尔、毕希纳的作品，以及《尼伯龙人之歌》同时触手可及。经典是图书馆藏书中的精华，它们将书籍出版的历时性转换成了阅读的同时性。文学经典并不遵照时间次序，而是作为观念的总体存在于每个读者的文学记忆中，为所有享受阅读或者具有使命感的读者所共有。

1800 年前后的读书人，除了阅读席勒或让·保尔的新作，同时也阅读年代久远但尚未过时的卢梭、贺拉斯、莎士比亚、荷马。每个文学时期都面临经典形成的问题：一些作品不断被重新阅读，又继续流传下去。直到 19 世纪，经典文学在读者阅读中所占的份额仍要大于当代作品。一个读者的文学知识来自两个方面：旧的文学和新的文学。经典的存在保证前者不被遗忘，文学评论则关注后者的动态。如果文学史的任务在于帮助当代读者理解历史中的文学，那么文学史在经典形成中的作用就不可忽视。文学作品不计其数，文学史家必须选出那些有价值或者应该有流传价值的作品。尽管经典作家的名单组成一直在变化，但经典作为一种标准始终存在并发挥作用。文学经典是一个作家名单，同时又在双重意义上是这个名单的成果：经典作品成为后辈作家效仿的榜样，它们也便预示了未来的可能，因为今日的作家作品有朝一日也将成为经典。

指导《德意志文学简史》写作的原则只有一条，就是区分优劣，这是所有文学史写作都必须遵守的原则，但总是有意无意地被忽略。在成功的作品与失败的作品之间作出区分是文学评论家的工作，从亚历山大图书馆的古典语文学者到今天文学奖评委会的成员都是如此。经亚历山大图书馆的语文学者确定为经典而流传下来的古希腊史诗、戏剧和诗歌，直到今天依然脍炙人口。无论是在亚历山大城的图书馆里，还是今天的日报文艺评论版中,每部作品都必须经受"批评","批评"的原意就是"区分"。在本书中,"批评"的对象是整个文学史,人们会发现,杰出作家在某个时期成群出现。早在古典时期,人们就已经意识到了文学"黄金时代"和"白银时代"的区分,被称为"白银时代"的拉丁文学时期,不仅时间上晚于"黄金时代",水准也不及前者。世界历史进入近代以后,每个民族文学史上都出现过"黄金时代"(Siglo de Oro),出现过"经典时期"(Age classique),德国文学也不例外,虽然相当晚,但也出现了得天独厚的古典浪漫时期。① 因为文学史发展过程中的不均衡,将所有文学时期一视同仁、平均分配篇幅的做法是不妥当的。

　　自有评论家存在以来,作家就与其为敌。但是文学评论从一开始就属于文学的一部分,因为文学竞赛不能没有裁判。最古老的史诗便讲述了歌手竞赛的故事,最古老的剧院——雅典狄奥尼索斯剧场上,相互竞争的剧作家们写出剧本一较高低,由独立委员会评判高下。除了应景诗之外,文学作品始终离不开比较和竞争:每部作品都想成为前无古人、后无来者的绝世之

---

① 拉丁文学中的黄金时代指约公元前 70 至公元 18 年这段时期。这期间拉丁文学达到完美的地步,出现大量杰作。黄金时代可分为两个主要时期:公元前 70 至公元前 43 年的西塞罗时期;公元前 43 年至公元 18 年的奥古斯都时期,这时的主要作家有维吉尔、贺拉斯和李维。西班牙文学中的"黄金时代",约从 1500 年西班牙获得部分统一开始,到 1681 年剧作家卡尔德隆去世结束。德国古典浪漫时期是指 1800 年前后的魏玛古典文学和浪漫文学时期。

作，让所有其他作品黯然失色。行家的肯定、加冕成为桂冠诗人、进入经典作家之列——如果没有这些辉煌前景刺激作家的虚荣心，文学的存在与延续都是不可能的。肉身凡胎的诗人希望通过作品不朽，留下声名、观点或是记忆，以突破生命的有限。因为诗人生产的是精神产品，不受时间和空间的限制，于是便也相信自己可以获得某种永生。诗人凭借作品成为经典作家，从而延续尘世的生命，甚或真的达到不朽，这一梦想是否成真，决定权完全在后世读者手里。追求不朽显然有些夸张，但延续生命倒是符合理性的，有些作品的生命已经延续了两千年。文学史只有在须臾和永恒、在作品的产生和影响之间找到平衡，才符合艺术品的双重存在方式。一部试图在历史全景里展示艺术竞争原则的文学史，必须专注于描述每个历史时期的审美创新，充满悖论的是，只有后世的读者才会意识到创新的特殊价值和深远意义。

为了理解好作品产生的原因，必须找到隐匿于名家名著中的神秘能量，除了个人的天赋之外，在某个特定地域、特定时间内，有哪些因素决定了文学创作的水平和特质。但是，本书即便是呈现了隐藏于个体美学实践之后的整体历史结构，它的目的依然是为了照亮一段特殊历史——德意志文学史——的面貌。

最近几十年里，有多部文学史出版或将要出版，每部平均下来约有十卷。花在上面的阅读时间已经可以将比文学史重要得多的文学作品读完一大半。这本《德意志文学简史》之所以如此短小，也是为了留给读者更充裕的时间去阅读文学，它们才是本书存在的意义。

中译本再版后记

胡 蔚

2013年，史腊斐教授的《德意志文学简史》受歌德学院翻译计划资助，在北京大学出版社出版，收入"博雅文学译丛"。出版之后，颇受国内学界和广大读者关注，史腊斐独到的德语文学史观和犀利精妙的论述在中国赢得了众多拥趸。读者在豆瓣网上为本书留下的百余条精彩评论，妙语连珠，充满奇思妙想，不乏真知灼见。本书被豆瓣读者评选为"十大热门外国文学史"，得以与《十九世纪文学主流》和《西方正典》等文学史论经典相提并论。

对于这本发表于20年前的小书在中国读者中引起的反响，史腊斐教授甚为惊喜，并由衷感谢。值此再版之际，译者对拙译进行了全面修订。若有不当之处，请行家不吝指正。在此，译者也要感谢北京大学德语系和德国研究中心诸位师友对本书的关注，感谢新行思对于本书再版的大力支持。当然，最需要感谢的是本书的读者。《德意志文学简史》是一本关于德语文学记忆的书，而文学记忆的形成总是受到时代的形塑。每本书都有自己的命运，希望这本小书能经受得住学术潮流的波浪起伏，时代趣味的更迭，为中国读者的德语文学记忆提供一条可靠的线索，期待《德意志文学简史》会遇见更多的中国知音。

2021 年 10 月

图书在版编目(CIP)数据

德意志文学简史 / (德) 海因茨·史腊斐著; 胡蔚
译. 一成都: 四川人民出版社, 2023.7
ISBN 978-7-220-12556-0

Ⅰ. ①德… Ⅱ. ①海… ②胡… Ⅲ. ①文学史-德国
Ⅳ. ①I516.09

中国版本图书馆 CIP 数据核字(2021)第 260038 号

Heinz Schlaffer

Die kurze Geschichte der deutschen Literatur

Copyright © 2002 Carl Hanser Verlag GmbH & Co. KG, München
Simplified Chinese language edition copyright © 2021 by Neo-Cogito Culture
Exchange Beijing Ltd
arranged through HERCULES Business & Culture GmbH, Germany
All rights reserved
四川省版权局著作权合同登记号:图[进]21-2021-314

DEYIZHIWENXUEJIANSHI

德意志文学简史

[德]海因茨·史腊斐 著   胡蔚 译

出 版 人	黄立新
出 品 方	新行思 NeoCogito
出版统筹	杨全强 杨芳州
责任编辑	唐 婧
特约编辑	唐 珺
封面设计	彭振威
出版发行	四川人民出版社(成都槐树街 2 号)
网 址	http://www.scpph.com
E-mail	scrmcbs@sina.com
新浪微博	@四川人民出版社
微信公众号	四川人民出版社
发行部业务电话	(028)86259459 86259453
防盗版举报电话	(028)86259624
照 排	南京紫藤制版印务中心
印 刷	北京启航东方印刷有限公司
成品尺寸	130mm×183mm
印 张	5.875
字 数	106 千
版 次	2023 年 7 月第 1 版
印 次	2023 年 7 月第 1 次印刷
书 号	ISBN 978-7-220-12556-0
定 价	58.00 元

■ 版权所有·侵权必究

本书若出现印装质量问题,请与我社发行部联系调换
电话:(028)86259453